KB161549

미술치료사 **박승숙**의 엄마로 자라기

아이와 함께 크는
엄마

아이와 함께 크는 엄마

ⓒ 박승숙, 2005

초판 1쇄 발행_2005년 6월 7일

지은이ㅣ박승숙
펴낸이ㅣ이정원

펴낸곳ㅣ도서출판 들녘
등록일자ㅣ1987년 12월 12일
등록번호ㅣ10-156

주소ㅣ서울시 마포구 서교동 394-14 명성빌딩 2층
전화ㅣ마케팅 02-323-7849 편집 02-323-7366
팩시밀리ㅣ02-338-9640
홈페이지ㅣwww.ddd21.co.kr

값은 뒤표지에 있습니다. 잘못된 책은 구입하신 곳에서 바꿔드립니다.
ISBN 89-7527-485-3 (03810)

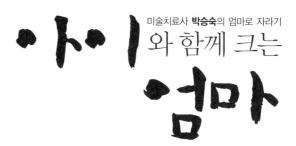

미술치료사 **박승숙**의 엄마로 자라기

아이와 함께 크는
엄마

들녘

한 아이의 엄마가 된다는 것은
다른 사람들을 치료하겠다고 나서는 일보다
훨씬 어려운 일입니다.
엄마의 게으름으로 얼룩진 거울 위에
아이의 상과 엄마의 상이 비치고 있습니다.
그런데 그 위로
아이의 실제 머리가 겹쳐 있군요.
제가 키우고 있다고 생각되는 것은
제 삶의 반영인 이 거울 위에 비친
'내 아이'라는 어떤 '이미지'에
지나지 않는 것인지도 혹 모르겠습니다.

이제 비로소 어른이 되다

아이를 낳아 기르게 될 것이라고는 한 번도 생각해본 적이 없다. 오랫동안 '아이'란 것의 이미지는 내게 낡은 집 벽에 들러붙은 담쟁이 넝쿨 같았다. 아이의 한없는 요구에 맞서 나의 욕구와 필요를 대신 죽여야 한다면, 그것은 담쟁이 넝쿨이 너무 성해 집을 옥죄다가 결국 망가뜨리는 것과 같은 이치였다.

"넝쿨이 오랫동안 번성하면 줄기가 팔뚝만하게 굵어져서 온 집을 휘휘 감으며 어둠과 음산함을 뿌리고 집에 우환을 낳는단다."

담쟁이 넝쿨을 볼 때마다 내 어머니가 들려주셨던 이야기다. 어머니의 그 말이 왜 내게는 아이의 이미지로 연상되어 그런 고약한 생각을 품게 했는지 모르겠다. 어쨌든 그 덕에 결혼은 가능해도 자식을 낳는 것은 피해야 한다는 묘한 고집이 줄곧 내 마음속에 뿌리를 내렸다.

왜였을까? 왜 그런 생각을 했을까?

다른 존재에 틈새를 주지 않으려 한 내 강한 자아의 탓을 해본다. 상호 교류 및 책임 분산이 가능할 때는 누군가를 내 안에 들인다는 것이 어렵지 않으나, 책임의 소지가 한쪽에만 일방적으로 존재할 때는 의존적일 수밖에 없는 그 존재에게 내 자리를 내준다는 것이 거의 자기 파괴적인 것으로 느껴졌다. 한마디로 그때는 '내 안에 내가 너무 많았다.'

다시 말해, 나를 소중히 여겨 언제나 나를 재확인해야 했던 자기애적(自己愛的)인 필요가, 나보다 어린 만큼 몇 배 더 지나치게 왕성할 어린아이의 필요와 요구를 받아들일 여유가 없었다. 방황을 하더라도 자유롭게 흐르고 싶은 내 충동적인 젊은 기질 역시 현실의 가장 확실한 무게추인 아이를 내 발목에 묶고 싶어하지 않았다. 자신에 대한 책임은 기본이고 다른 사람에 대한 헌신과 의무와 책임이라는 것을 배워야 하는 어른이 되고 싶지 않아, 결혼으로 시작된 성인식의 마지막 관문인 아이 기르기를 오랫동안 미뤄두려고도 했다.

하지만 이제야 나는 분명히 말할 수 있다. 미술치료를 공부하고 미술치료사로 일하면서 많은 것을 배웠지만, 아니 그 전에 온전한 한 사람으로 치유되고 성장하기 위해 긴 시간 동안 심리치료를 받기도 했지만, 그때까지도 나는 진정한 의미에서 어른이지 않았다. 아이를 낳아 기르는 경험을 통해 나는 모르고 죽을 뻔한 세상의 반을 배웠다. 그리고 그 과정에서 나는 자식으로서 내 부모를 진정으로 용서하고 이해하게 되었다. 엄마가 된 것은 내 자신을 위한 치료와 성장의 정점을 이루었고, 미술치료사로서의 내 일과 연구의 새로운 출발점이 되었다.

나는 이 책에서 내가 경험한 진부하기 이를 데 없는 이야기를 통해 진리는 참 단순하고 보편적이라는 이야기를 하고 싶다. 그러면서 가족이 해체되고 아이들이 줄어드는 이 사회를 향해 아이를 낳아 기르는 과정이 얼마나 소중하고 값진 것인지를 외치고 싶다.

아이들은 어느 아이나 세상에서 가장 소중한 아이가 되어야 마땅하다. 그렇게 되기 위해서는, 부모들이 먼저 충분히 좋은 부모로 자라야 한다. 완벽한 부모란 있을 수 없다. 충분히 좋은 부모만이 존재한다. 그리고 그것으로 충분할 수 있다.

부모도 자란다. 나도 그랬다. 세상에 준비된 부모가 따로 존재하지는 않는 것 같다.

2005년 5월
서교동 '밝은 미술치료실' 위 살림집에서

차 례

시계가 울릴 때까지

사람들은 자주 내게 이런 농담을 했다.

"여자들 뱃속엔 생리 시계란 게 있대. 이렇게 말하는 순간에도 그 시계는 똑딱똑딱 움직이고 있어. 언젠가 따르릉 하고 벨이 울리면 너도 아이를 낳아야겠다고 생각할걸!"

나는 제발 웃기지 말라고 소리치면서도 내심 불안했다. 만약 정말로 그 벨이 울린다면 그것은 내 의지와는 무관한 본능적인 것인데, 그런 일에 로봇처럼 발 맞춰 움직인다는 것은 자존심 상하는 일이 아닌가.

그런데 내 뱃속에도 그 고약한 시계가 있었던가 보다. 결혼식을 치른 후 2주 만에 갑자기 생각이 바뀌었으니 말이다.

'그래, 아이를 낳아보자.'

평소 생리도 불규칙했고, 몸이 차서 아이가 쉽게 들어설 거라고 생각하지 않았는데, 결심한 지 일주일 만에 생명이 들어섰다. 마치 모든 게 정해진 듯이 벌어졌다. 그러면서 내 안에서 잠잠하던 두려움의 가지들이 하나씩 흔들렸다.

괘씸한 그 시계는 내 몸에서 한동안 호르몬이라는 놈에게 장난을 부렸다. 자꾸만 몸이 처지고 우울해져서 세상이 뿌옇게 느껴졌다. 미국에서 공부할 때의 우울증 경험이 떠오르면서 겁이 더럭 들어 나는 억지로 몸을 일으켜 6개월치 헬스클럽 회원권을 끊었다. 임산부가 달리기도 하고 계단 밟기도 하고 덤벨로 근육운동도 하니, 코치들은 초비상이라 생각했는지 내 주변에 와 붙었다. 가급적이면 하루도 거르지 않고 운동을 하려고 애썼다. 그러나 몸은 부쩍부쩍 늘어서 5개월 때는 사람들이 8개월째냐고 묻고, 6개월째는 막달이냐고 물었다. 비록 아이를 위한 변화이지만 내 몸매가 망가진다는 생각이 나를 슬프게 했다. 어떤 식으로든 내 자신을 컨트롤할 수 있다고 믿으며 살아왔는데, 다른 무엇도 아닌 내 자신에 대해 내가 어쩔 수 없는 일들이 생긴다는 게 영 불편하고 불안했다.

술자리에만 모이면 남자들은 군대에서 누가 더 처절한 경험을 했는지 싸우듯 떠벌린다. 그 점에선 여자들도 마찬가지인 것 같다. 여자들도 자기들의 끔찍한 임신 경험을 듣는 사람에게 도움이 될지 어떨지 생각도 하지 않고 자랑인 양 떠들어댄다. 입덧, 합병증, 잘 빠지지 않는 임신 중에 붙은 살, 남편이 바람을 피우는 시기가 바로 아내의 임신 기간이라는 통계, 아이를 낳으면 아줌마 신고식을 하는 거라는 얘기 등등, 들어서 불편한 소리들뿐이었다.

그러던 어느 날, 우연히 헬스클럽에서 만난 어느 아주머니가 한참 동안 나를 바라보더니 말했다.

"임신 때가 가장 예쁘고 아름답죠. 생각해보면 가장 멋진 시절이었어요. 봐요, 피부도 뽀얗고 머리카락도 윤기가 흐르고, 임신부의 몸이 난 참 예쁜 것 같아요. 걱정하지 말아요. 아이를 낳으면 그 역시 가장 아름다운 기억으로 남을 거예요. 여자는 엄마로 다시 태어나는 거랍니다."

그 아주머니는 날씬한 몸매와 젊어 보이는 얼굴과는 달리, 이미 대학생인 딸이 있었다. 두 모녀는 친구처럼 깔깔거리며 운동을 끝내고 샤워를 하러 갔다.

똑같은 일이라도 받아들이는 사람에 따라 전혀 다른 경험이 될 수 있다는 것을 그동안 그만 까맣게 잊고 있었다. 신선한 얘기에 감동을 받은 나는 현재의 나를 즐겨보자로 마음을 바꾸었다.

임신 전부터 다니던 정신병원 일이 몸이 무거워짐에 따라 버거워져 그만두고, 나는 대학에 수업을 들으러 다녔다. 내 분야 외의 여러 과목들을 어린 학생들과 함께 수강하니 기분이 한결 젊어졌다. 그런데 참 이상하게도 그때쯤, 아이가 내 배를 걷어차기 시작하자 어린 시절의 습관 하나가 되살아났다. 길에서 우연히 산 조그만 곰 인형을 손에서 떼어놓을 수 없어 학교를 갈 때도 외투 주머니에 꽂고 다녔다. 그 덕에 같이 수업을 듣던 어린 친구들 사이에서 나는 '곰인형 임신부'로 통했다. 담쟁이 넝쿨의 끈끈한 사악함을 떼어내고 아이란 것이 이제 부드러운 털뭉치의 이미지로 다가오는 것일까? 곰이 곁에 없으면 나는 불안해지기까지 했다.

히지만 진득하게 들러붙는 무언가에 대한 두려움은 사라진 게 아니었다. '나'라는 인식을 파고드는, 때려야 뗄 수 없는 무정형의 무언가를 실기 시간에 스케치 속에 잡아내려고 애쓰는 내 자신을 발견하고는 놀랐다. 그때 나는 뱃속의 아이를 초음파 사진에서 처음 보았던 모양 그대로 'the bug'(곤충)라고 불렀다. 무시하는 마음도 없었고 경멸의 뉘앙스도 없었지만, 어쩌면 무의식중에 내 몸을 기어다니는 벌레의 이미지를 떠올렸는지도 모른다. 내가 컨트롤할 수 없는 무언가가 내 온 몸을 훑고 지나가고 있다. 두려워하는 것이 정확히 무엇인지 모르니, 무지의 어둠을 먹고 소리 없이 공포만 자랐다.

그러는 사이 학교 과정이 끝났고, 출산일이 카운트다운에 들어갔다.

마지막 몇 주는 괴롭기 그지없었다. 기관지가 약했던 나는 감기까지 걸렸고, 약도 없는데 기침을 심하게 해서 횡격막에 무리가 가는지 가슴을 제대로 펼 수 없을 지경이었다. 뒤로 누우면 등의 혈맥이 눌려 아이에게 좋지 않다는 말을 듣고 모로 누워 잤는데 몸을 뒤척이기가 힘들어 꼼짝 않고 처음 자세 그대로 잠을 자야 했다. 그래서 늘 잠이 부족하고 몸도 아팠다. 그런 내가 걱정스러웠는지 아이는 때가 되었는데도 나오려는 움직임이 없었다. 하는 수 없이 출산 예정일보다 일주일 늦춰진 날에 촉진제를 맞기로 했다. 그대로 두면 양수가 줄어 아이에게 불편하고 외상의 위험도 있지만, 자기 배설물을 먹게 되어 태아의 건강에 좋지 않다는 설명이었다.

병원에 가기 전날, 전화가 쉴새없이 울렸다. 묻지도 않았는데 또다시 출산의 아픔이라든지 위험 등에 대해 자기들의 이야기를 들려주기 위해서였다. 어느 친구는 산고보다 오히려 자궁문이 열렸는지를 점검하려고 인턴들이 질 안에 손을 넣어 후벼파는 게 더 아프다고 겁을 주었다. 그들의 이야기를 듣고 있으면 너무 끔찍해서 둘째를 낳는 사람들이 하나같이 바보 천치로 느껴졌다.

"정도껏 아프면 기억을 하지만 너무 아파서 출산의 고통은 까맣게 잊게 되는 거야. 그래서 또 낳을 생각을 하게 되는 거지."

둘째아이를 낳은 지 얼마 안 된 친구의 설명이었다. 문득 여자라는 게 자존심이 상했다.

그러나 사람들이 전화를 끊으면서 내리는 마지막 판결이 더 질리게 했다.

"그래도 지금이 좋을 때야. 낳는 것도 물론 힘들지. 하지만 일단 낳아봐. 그날부터 완전 고생길이야. 아이는 뱃속에 있을 때가 좋아."

도움이 전혀 되지 않는 사람들의 말에 화가 난 나는 고개를 설레설레 흔들며 전화를 끊었다.

'사람들마다 같은 일이라도 똑같이 경험하지 않아. 너와 내가 다른 것처럼, 내 경험은 너와 다를 거야.'

하지만 밤새 그들의 말이 귓가에 점점 크게 울려 잠을 이루기가 힘들었다. 가끔씩 기지개를 켜는지 내 배를 쑥 미는 것을 제외하면 아이는 전보다 더 움직임이 없었다. 아이도 무서운 것이 분명했다.

뒷덜미를 잡아당기는 두려움

드디어 병원으로 갔다. 몇 시간이고 입원실에서 기다리다 마침내 아랫도리의 털을 밀어내고 지루해 못 견딜 때쯤, 깨끗한 수술복이 입혀져 방으로 안내되었다. 내가 본 풍경은 TV나 영화 혹은 문학에서 그리고 있는 출산 장면과는 판이했다. 벽을 따라 침대들이 일렬로 늘어서 있었는데 각각의 사이에는 아무렇게나 쳐진 커튼이 배부른 개체들을 구획하고 있었다. 흡사 동물의 우리 같았다. 여기저기서 새어나오는 신음소리가 그 효과를 증폭시켰다. 커튼 사이에 버려진 여인네들 옆에는 내가 상상했던 것처럼 손을 잡아주는 가족도 없었고 머리를 쓰다듬으며 용기를 불어넣어주는 의사도 없었다. 출구 옆 커다란 데스크에는 간호사들이 아무 말 없이 정확하게 주어진 일만을 분주히 하고 있었다. 잠시 나는 혼란스러움에 발이 묶였다.

'아무리 잘난 척 지성을 겸비하려 애썼어도, 나는 그저 여자라는 동물에 지나지 않는 건가?'

다행히 호흡법을 가르치는 교육용 비디오 만드는 일에 자원한 덕분에, 그곳을 지나 조금 외진 곳의 조용한 독방을 차지할 수 있었다. '라마즈'란 것이 유행하기도 했지만, 엄마의 무통(無痛)에 대한 바람보다는 바깥세상으로 빠져 나오려는 아이의 노력에 최대한 협조해야 한다는 철학이 맘에 들어 '소프롤로지' 호흡법을 선택했다. 곧이어 링거 병이 달리고, 무슨 용도인지 모를 알약을 받아먹었다.

　'자, 가장 고통스런 순간에도 나보다는 아이가 중요한 거다.'

　나는 각오를 몇 번이고 새롭게 하며 때를 기다렸다.

　하지만 진통이 잦아지고 호흡이 가빠지니 아무 생각도 할 수 없었다.

　'너와 내가 함께 하는 과정이니 우리 협조하도록 하자.'

　지극히 바람직했던 그 최면은 사라지고, 아이고 아파라, 제발 빨리 끝났으면 하는 외침만 커졌다. 비명을 지르며 이상한 자세로 오랫동안 웅크리고 있던 탓에 아이의 머리가 골반 출구 어딘가에 걸려 시간이 지체되었다. 수시로 간호사인지 레지던트인지 알 수 없는 사람의 손에 험악하게 더듬거려진 내 자궁은 열리지 않는 문에 대한 창피함으로 몸둘 바를 몰랐다.

　14시간 뒤 마침내 나와 아이는 포기했고, 그동안 침대 난간을 비틀며 멍든 내 두 손에는 아랑곳하지 않고, "내일 촉진제 다시 맞고 처음부터 다시 해봅시다" 하는 매정한 판결이 내려졌다. 순간 아이가 기진해버린 건 아닐까 하는 걱정으로 조금만 더 기다려달라고 애걸했다. 이럴 수 없다는 치열함으로 정신을 차리고 그때부터 나는 호흡에 집중했다. 출산 일주일 전까지 헬스클럽을 다니며 운동을 열심히 해서 기력만큼은 달리지 않을 거라 믿었건만, 전날부터 쫄쫄 굶게 하고 잠

한숨 못 잔 채로 14시간을 버티라 하니 거의 정신을 잃을 지경이었다.

'피할 수 없는 진통이니 남은 방법은 이것의 리듬을 타는 길밖에 없다!'

산통이 파도처럼 왔다가 사라졌다. 밀려오면 긴장한다 해도 물결이 빠져나가는 잠깐의 몇 초 동안 긴 숨을 들이쉬고 늘어질 대로 이완을 해야만 다음번 파도를 탈 수 있다. 스스로 죽겠으니 교육 중에도 이해하지 못했던 호흡법의 핵심을 몸이 스스로 알아 터득해버렸다.

파도에 몸을 맡기는 상상을 하며 긴장과 이완을 계속했다. 갑자기 마지막으로 들어선 문 점검자가 깜짝 놀라며 "다 열렸어요"라고 외쳤다. 서둘러 카메라가 돌아가고 그제야 간호사들이 "아직 기다리세요, 준비가 안 되었어요" 하며 나를 막았다. 열리는 문을 어찌 내 맘대로 닫을 수 있단 말인가. 분만실로 옮겨진 내 두 다리 사이에서 허겁지겁 달려온 담당의사의 메스를 기다리지 못한 파열음이 들리는 듯했다.

아주 뜨거운 인두로 질 입구를 지지는 듯한 느낌이었다. 그러면서 누군가가 연탄 집게처럼 느껴지는 무언가의 양쪽을 벌려 내 다리 사이에 대고 탄력을 주며 아이의 머리를 쭉 뽑아내는 듯한 영상이 그려졌다. 갑자기 울컥 피가 쏟아지면서 배가 푹 꺼졌다. "오랜 체증이 내려앉는다"는 말이 떠올랐다.

'바로 이 느낌을 표현하는 문장이었구나.'

"건강한 딸입니다."

아이를 들어 내게 보여주는 간호사를 옆 눈으로 흘겨보면서 만사다 귀찮아진 나는 "됐어요" 하며 손으로 아이를 밀쳤다. 언뜻 본, 파랗게 질려 보랏빛인 그 덩어리는 결코 예쁘지 않았다.

'세상 입구에서 그 고생을 했으니 질릴 만도 하지.'

영화를 보면 아이를 낳은 산모는 곧장 햇볕 잘 드는 병실, 깨끗한 침대에 누워 핏덩이를 가슴에 안고 눈물을 흘렸는데, 내 아이는 어디론가 사라지고 나는 차가운 수술대에 누워 마지막 처리를 해야 했다. 담당의사는 아이를 꺼내는 과정에만 잠깐 참여했을 뿐 나머지 절차는 제각각 다른 사람들이 진행했다. 레지던트로 보이는 여선생이 투덜거리며 내 아래를 꿰매고 있었다. 나중엔 포기한 듯 에라 모르겠다 하는 식으로 대충 꿰매는 듯한 그녀가 과연 누구인지 확인해두고 싶었다. 하지만 반듯이 누워 바라보이는 천장 위 거울 판으로는 그녀의 머리꼭지만이 보였다.

또 다른 어두운 방으로 옮겨졌다. 아무렇게나 들여놓은 침대들에는 그 자리를 떠난 주인들의 흔적이 남아 있었다. 한참을 기다리니 검은 실루엣의 누군가가 들어와 내 배를 깊이 꾹꾹 눌렀다. 다 끝난 줄 알고 긴장을 풀었는데 너무나 아파, "정말 왜 이러시는 거예요?"라고 호소했다. 피가 멈췄는지를 확인하는 과정이라고 했다. 정말로 그 순간까지도 피는 계속 흐르고 있었다. 배를 누를 때마다 울컥거리는 소리가 들렸다. 침대를 흥건히 적시고 한참을 어두운 곳에 버려진 채로 있다가, 다시 한 번 확인하는 누름이 있고 나서 나는 입원실로 옮겨졌다. 드디어 끝난 것이다.

더 이상 누구도 나를 건드리지 않을 것이라는 확신이 서자 다시 힘이 나는 듯했다. 바로 몸을 일으켜, 하지 말라는 샤워를 하러 갔다. 못하게 하는 이유는 혼자 샤워하다가 어지러워 쓰러질까 봐라고 했다. 나는 누군가를 샤워실 앞에 세워놓고 하면 되지 않겠느냐고 고집을 피우다가, 바쁘게 돌아다니는 간호사의 눈을 피해 몰래 뜨거운 물에 몸을 씻었다. 다른 산모들은 꼼짝 하지 않았다. 이미 임신 중에도 남들이 걱정하는 것들을 많이 해왔으니 이제 와서 조심할 건 또 뭔가 하며 나 혼자 의기양양했다.

목욕제계를 하고 나니 신생아실에 있는 아이가 보고 싶어졌다. 누가 누군지 모르는 올망졸망한 아이들 속에 내 아이라는 갓난아기가 끼어 있었다. 가족들은 코가 어떻네 눈이 어떻네 했지만 나는 내 다리 아래 껴서 오랫동안 눌려 있던 아이의 머리통만 바라보았다. 그것이 15시간 산고의 유일한 흔적인 양 말이다.

모자병동이란 게 있었다. 신생아실에 아이를 두는 게 아니라 원한다면 첫날부터 아이를 한 방에 둘 수 있었다. 나는 그 방을 신청해두었기에 당연히 아이를 내 침대 곁으로 불렀다. 2인실이었는데 옆 침대의 산모는 혼자였다. 모자병동의 다른 방의 엄마들도 아기를 데리고 있지 않았다. 어른들이 엄마는 푹 쉬어야 한다며 아이들을 신생아실에 두는 게 당연하다고 했다. 신생아에게 병균이라도 옮겨지면 큰일이라는 설명은 설득력이 있었지만, 그래도 방의 용도가 그러하므로 나는 옆에 아이를 끼고 자야겠다고 마음먹었다.

열 달 동안 마음의 준비를 했건만 얼떨결에 애 낳은 심정에 그 첫 대면을 밀쳐내는 것으로 반응한 나였다.

'이젠 어떻게 해야 하지?'

머뭇거리며 젖이 불어 탱탱한 가슴을 아이의 입에 물렸다. 본능적으로 꼬마는 그것을 물어 제 몸에 흡수하기 시작했다. 순간 나는 망치로 머리를 얻어맞은 듯했다. 거부할 수 없는 운명에 충실하라고 본능이 나를 깨우는 듯했다.

'이 아이가 나를 엄마로 키워내겠구나!'

그렇다. 내가 아이를 키울 게 아니었다. 아이가 나를 엄마로 키워 줄 것이었다.

초기 접종이다, 사진 찍기다 해서 신생아실로 아이를 데려갈 때마다 목격하는 것은 대기실에 찾아와서 갓난아기들에게 초유를 먹이려는 엄마들의 힘든 노력이었다. 젖꼭지의 크기가 입에 안 맞아서, 아이가 아직 뭘 몰라서, 엄마가 너무 익숙하지 않아서 소중한 초유를 먹이는 데 실패하는 모습을 봤다. 그런데 내 아이는 아무런 어려움 없이 나와 손발을 (아니 꼭지와 입을) 맞췄다. 실패하면 창피해서 종종거릴 이 부족한 엄마에게 자연스레 엄마다움의 긍지를 느끼게 해준 것이다. 이 아이는 내 아이가 맞다. 강렬한 인연에의 확신이 내 몸을 뜨겁게 했다.

모성은 본능인 걸까? 아니면 배워서 획득하는 것일까? 치료를 받으러 오는 사람들로부터 듣게 된 그들 부모의 부족한 모습이나, 아이를 키우는 엄마들에게서 발견되는 영영 준비되지 않을 듯한 양육에 대한 공포가 내게 각인되어 왔다. 내 부모를 생각해봐도 내 주관적인 원망이 섞여서, 확인하고 싶은 진실은 늘 불분명했다. 그렇다면 이제 내가 몸소 확인할 차례인가?

치료사로서 다른 사람을 위해 상징적인 어른, 심리적인 부모가 되어주어야 했던 내가 이제 혈연적으로 한 아이의 엄마가 될 판이다. 치료는, 정확하게 말하자면, 치료사와 내담자의 관계 속에서 벌어지는 것이다. 미술치료는 내담자가 미술작업을 하는 것만으로 치료가 되는 건 아니다. 창작과 대화, 그 외의 여러 통로를 통해 내담자가 자신의 상처를 치료하고 성장하는 데 필요한 것에 치료사는 자연스레 자기를 재단해서 준다.

실습생을 교육할 때면 나는 치료사를 옷으로 비유해 설명한다. 각 치료사마다 옷감의 고유한 재질과 크기가 있을 테지만 자기만의 특성과 한계 내에서 내담자가 필요한 게 청바지라면 청바지가 되어주고, 투피스가 필요하면 투피스로 재단될 수 있어야 한다고 말이다. 자기를 잃지 않되, 자기가 아닌 다른 것이 될 수 있어야 한다. 그래야 내담자가 그동안 자신이 필요했던 것을 치료사와의 관계에서 충분히 흡수하고, 그러면서 자기를 완성시킬 수 있게 되는 것이다. 지지와 보살핌을 필요로 하는 사람도 있고, 자기 힘을 확인할 수 있게 자신과 대립되는 반동적인 인물이 필요한 사람도 있다. 엄마가 필요한 사람이 있는가 하면 스승이 필요한 사람도 있다. 같은 사람이라도 위로가 필요한 때가 있는가 하면, 현실을 직시하는 두려운 순간에 등을 떠밀어주기를 바라는 때도 있다.

그렇다면 내 아이의 성장을 위해 나는 앞으로 어떻게 재단되어야 할까? 내 아이가 나를 어떤 엄마로 키워줄까? 나의 기본적인 본능과 성향이 이 아이에게는 어떻게 반응하게 될지 나는 아무것도 약속하고 싶지 않았다. 그냥 깨어 있겠다고, 흘러가는 과정 속에서 눈을 크게 뜨고 배워 나가겠다고 다짐했을 뿐이다.

'그래, 이 경험은 나의 경험이다.'

나는 운동하면서 만났던 아주머니와 딸의 환한 얼굴을 떠올리려고 애썼다. 하지만 내가 양육에 있어 무지(無知)하다는 사실이, 그리고 정말로 내가 두려워하는 것은 따로 있다는 생각이 여전히 내 뒷덜미를 잡아당겼다.

내가 죽어버린 듯한 느낌

병원에서 나오기 전, 연세가 많으신 친정어머니가 도움을 주실 수 없어 당시 막 유행하기 시작한 '산모의 집'에 신청할 생각이었다. 그런데 중간에 일이 꼬여 집에서 혼자 지내게 되었다. 덕분에 나는 혼자 청소를 하고 기저귀를 빨면서 하루하루를 지냈다. 잉어는 고사하고 미역국도 제대로 끓여먹지 못했다. 잠이 별로 없는 아이 탓에 주방에 서서 급히 샌드위치를 만들어 먹는 게 전부였다.

신생아는 보통 18시간 이상 잔다고 알고 있었는데, 내 아이의 평균 수면 시간은 첫날부터 11시간 남짓이었다. 그 말은 줄곧 내가 붙어 있어야 한다는 뜻이었다. 하루 종일 반응도 없고 말도 없는 아이와 시간을 보내야 한다는 건 사람들 틈에서 북적북적 움직이고 소통하고 활동하던 내겐 지옥 같았다.

아이의 유일한 소통법은 울음이었다. 처음엔 단지 운다는 신호일 뿐, 무엇을 의미하는지 도대체 알 수 없는 기호였다. 배가 고픈 건지,

잠이 부족한 건지, 기저귀가 불편한 건지, 아니면 다른 데가 아프다는 건지 전혀 감을 잡을 수가 없었다. 하지만 6주쯤 지나니 그 울음은 내 귀에 어떤 메시지로 가늠되었다. 하지만 내 메시지를 전달할 방법은 없는 듯했다.

모든 것이 힘들었다. 그래서 간간이 들르시는 어머니를 붙잡고 이런저런 하소연을 할 때면 '애 엄마 자격이 없다'는 핀잔이 화살이 되어 돌아왔다. 자격…… 내 두려움을 한꺼번에 묶어 명칭을 붙인다면 그 말 한마디면 충분했다. 나는 자격이 없다.

'그래, 나는 나 아닌 다른 사람을 일방적으로 책임지기 싫어. 피해도 받기 싫고, 헌신적이기도 싫어. 나는 아이가 싫어. 아이는 들러붙는 넝쿨, 뜯어내고 싶은 기생체야. 아이와의 관계가 혹 공생관계라면 그것은 더더욱 끔찍해. 나는 득 보기도 싫고, 득 주기도 싫어. 나는 독립체야!'

남몰래 가지고 있던 이러한 생각에 대한 죄스러움이 서러움을 이겨서 나는 더 이상 군소리를 할 수 없었다.

그러던 어느 날 친구가 전화를 해서 아이가 예쁘냐고 물었다. 내 아이가 예쁘냐고? 아이는 집안 내력인 두꺼운 쌍꺼풀도 없고, 긴 속눈썹도 없다. 맹숭맹숭한 눈에 긁힌 듯 붉은 흔적이 눈꺼풀과 목 주변에 있을 뿐이다. 머리카락도 별로 없고, 아직 피부색도 이거다 확신하기 힘든, 붉은 기운의 질린 색이다. 머리는 약간 찌그러져 있고, 손과 발만 곱고 예쁘다. 나는 대답하는 대신 다짜고짜 이 아이가 아니었으면 평생 모르고 죽을 뻔한 것을 알게 되었다고 선언했다. 그 말을 뱉고 나서 나도 놀랐다. 가끔은 의식 너머에서 사고가 따로 진행되는 듯한 느낌을 받을 때가 있는데, 이런 말은 어디서 준비되어 나오는 것일까? 사실은 처음으로 의식한 생각인데 오랫동안 품고 있었던 느낌인 양 친구에게 술술 이야기를 풀어내다가 그제야 나는 중요한 무언가를 깨달았다.

알고 보니 세상의 모든 관계가 주고받음에 대한 기대로 이루어지는 관계였다. 죽고 못사는 사랑하는 사람과의 관계도, 부모님을 끔찍이 위해 산다는 자식의 사랑도, 정확하게는 받은 것 혹은 받을 것이 있으니 주게 되는 사랑이었다. 그동안 의심은 했지만 그 점을 분명히 깨닫지는 못했다. 그런데 그 공식에 들어맞지 않는 관계가 하나 있었다. 자기 속에 아이를 만들어 낳고, 하나였다가 둘로 나뉘었다는 기억과 함께 책임감 때문에 아무것도 기대하지 않고 그냥 줄 수밖에 없는 관계. 부모의 '내리사랑'이란 말이 그래서 있는 것이었다. 그냥 무언가를 계속 흘려 내려주어야 하는 관계. 올라올 것이 기대되지 않아도 내려갈 수밖에 없는 사랑. 그 관계를 성립시키는 것은 내가 낳았다는 이유, 그 하나뿐이었다.

세상에 이런 관계가 또 있을까? 내 부모도 이런 놀라움 속에서 나를 키웠다는 말이 아닌가. 어쩌면 치료사도 그런 관계를 성립시킬 수 있어야만 치료할 수 있는 건지도 모른다. 자기 요구는 없는 채로, 자기 감정의 필요는 개입되지 않은 채로 지독히도 요구 사항이 많은 관계 속에 들어가 필요한 것들을 모두 주어야 하는 치료사. 그동안 일 속에서 내가 무엇을 해온 건지 새삼 인식이 되었다. 내담자들에게서 변화가 가능했던 건 이 때문이었구나. 그래서 치료가, 아니 성장이 이루어진 거였구나.

내가 담쟁이 넝쿨을 옥죄는 느낌으로만 바라보았던 것도 바로 이 두려움 때문이었다. 계약된 관계에서 일정 기간 동안 '내리사랑'을 하는 것은 가능해도, 물릴 수 없는 평생의 관계 속에서 그것을 받아들이기는 싫었던 것이다.

아버지가 되는 남자들의 사랑도 같은 것일까? 대책 없이 울어대는 아이를 어쩔 줄 몰라서 밤잠을 설치는 날들이 계속되자 남편은 아이를 창문 밖으로 던지고 싶은 순간이 (물론 얼른 지워버린 생각이었지만) 있었다고 솔직하게 고백했다. 이 아이가 자신의 아이라는 것을 잘 알고 있지만, 나처럼 그것을 몸으로 느낀 것은 아니기 때문에 아내를 아이에게 빼앗겼다는 묘한 질투심과 함께 이 아이가 정말 내 아이인가 하는 의심마저 들 때가 있다고 했다.

물론 새벽녘에 어쩔 수 없이 감기는 눈으로 아이를 안고 흔들거리며 방안을 서성이다가 지치고 짜증이 나면, 나 역시 아이를 던져버리고 싶다는 맘이 불쑥 솟아오를 때가 있었다. 그렇지만 혈연적인 그 관계에는 일말의 의심도 없었다. 발길질하던 아이의 느낌이 덜 꺼진 배에 여전히 남아 있었고, 함께 씩씩거리며 세상 밖으로 밀고 나온 그날의 느낌도 두고두고 생생했기 때문이다. 내 몸의 일부였던 생명체에 몸으로 반응하는 책임감이 내 안 깊숙이 있었다. 그래서 그런지 남편은 간혹 짜증을 부리며 함께 눈을 뜨긴 했어도 아이의 울음소리나 부스럭 소리에 즉각 움직이지는 않았다. 깊이 잠드는 편이었어도 옆방에서 잠든 아이가 내는 소리를 귀신처럼 듣고 일어나는 것은 언제나 나였다. 거기에는 단 한 번도 예외가 없었다.

나는 완벽한 몰입으로 아이와 한 몸처럼 움직였다. 아이에게 젖을 먹일 때가 되면 몸이 알아서 준비가 되어 아이가 배고프다고 울기 전부터 젖줄이 찌르르 아팠다. 아이가 잠이 들면 아이의 호흡에 따라 나 역시도 짧은 숨을 쉬었고, 아이를 내 가슴에 눕히고 누워 있으면 둘의 심장이 함께 뛰는 것 같았다. 아이를 위해 모든 게 저절로 움직여졌다. 두 사람분을 준비해야 했던 임신 때처럼 살집도, 힘도, 머리칼도 여전히 많고 굵고 질기고 기름졌다. 단지 죽어 있는 것은 '나'라는 한 개인의 정신과 느낌이었다.

아이를 위해 움직이느라 몸은 고달팠지만 정신은 하루 종일 지루하기 짝이 없었다. 내가 죽어버린 듯한 그 느낌은 간혹 불에 덴 듯 고통스럽기까지 했다. 그렇다고 벗어나려고 발버둥쳐야 할 만큼 지독하지는 않았다. 나는 내가 아니라, 나이면서 동시에 뭔가 다른 존재인 것처럼 느껴졌다. 아이를 위한 무언가와 '나'라고 부를 수 있는 존재의 중간쯤 어딘가에 어정쩡하게, 그러나 치열하게 서 있는 느낌이었다. 그것은 저항하기에는 너무나 필연적인 느낌이었다. 그리고 어느 한쪽을 선택하기에는 다른 한쪽이 한없이 아픈 느낌이었다.

영국의 소아과 의사이면서 정신분석가인 위니컷(D.W. Winnicott)은 출산 후 몇 달 동안 산모가 아기의 필요에 거의 병적으로 몰입하는 점에 대해 설명한 바 있다. 자신의 몸과 하나였던 아기가 탯줄을 끊고 세상 밖으로 나오면 엄마는 아기의 모든 필요에 마치 자신의 일부에 반응하는 것처럼 일차적으로 열중하게 된다. 엄마와 아기는 심리적으로 여전히 '융합'되어 있다. 그것은 누가 뭐래도 본능이다. 아기가 울면 바로 달려가 안아주고, 입술을 빨면서 배고파하면 젖을 물리고, 조금만 냄새가 나면 즉시 기저귀를 갈아주고, 깨어서 멀뚱멀뚱

세상을 보는 눈에 얼굴을 들이대고 끊임없이 웃고 어르며 말을 건네는 엄마. 아기의 자발적인 제스처에 즉각 반응하면서 아기의 스타일을 이해하고 아기의 필요에 발을 맞추는 엄마의 본능적인 완벽한 적응은 아기의 자기 발달에 필수적인 '촉진적' 환경이다.

환경이 아이에 적응하는 것이다. 결코 아이 쪽에서 자기가 태어난 환경에 적응해야 하는 게 아니다. 아이의 기본적인 필요와 성숙되어가는 과정이 가정의 중심이 되어야 하며 부모에게는 그에 적응할 책임이 있다.

남성들까지 대변할 수는 없어도, 모든 여성은 '내리사랑'의 본능을 지니고 있는 것 같다. 본능에 충실하면서 그 과정에서 충분히 좋은 엄마로 성장할 수 있는가 아닌가는, 물론 엄마의 자질이요 노력의 문제다. 그렇다면 엄마의 본능적 내리사랑이 엄마의 개인 문제로 인해 방해받지 않고 온전히 펼쳐질 때, 아이에게 과연 무슨 일이 벌어질까?

아직 자기에 대한 인식이 없는 생명체인 갓난아기는 현실에 어떤 식으로도 관계하지 않으며, 아직 관계할 필요도 없다. 세상에 대해 수집된 자료도 없고 그것을 어떻게 바라보며 이해해야 할지도 모르는 아기는 배가 고프면 정신적·신체적 긴장으로 울음이 나오고, 이상하게도 어딘가에서 젖이 나타나 그것으로 감쪽같이 배를 채우고, 그리하여 긴장이 풀려 잠이 오면 그냥 자면 된다는 것을 경험할 뿐이다. 아직 아기는 자신의 필요를 채워주는 그 무언가가 바깥에서 오는 것임을 모른다. 나와 너 혹은 세상이 아직 구분되지 않은 속에 자기가 필요할 때마다 모든 게 '마술처럼' 일어난다는 사실에 그저 편안함을 느낄 뿐이다. 그러한 느낌은 아기의 필요에 백 퍼센트 맞추고자 노력하는 엄마의 몰입 때문에 가능한 것이다. 언제고 어이가 울면 먹던 밥숟가락을 놓고 뛰어가 한두 시간씩 아이가 울음을 그칠 때까지 안아주다가 차갑게 식은 밥을 다시 먹던 기억, 화장실에서 불안하게 앉아 있다가 바지춤도 못 추스르고 정신 없이 뛰쳐나오던 때를 떠올리면 우습다.

만약 아기의 생각이 다 큰 아이처럼 진행된다면, 그래서 우리가 그 생각을 어떤 식으로든 읽을 수 있다면 아마도 아기는 이런 생각을 하고 있을 것이다.

'무언가가 저기 있는데, 언제나 내가 필요할 때면 귀신같이 와서 나의 욕구를 채워준단 말이지! 내게 그런 마술적인 힘이 있나 봐. 내가 세상을 완벽히 컨트롤하고 있어. 너무 멋지지 않아? 걱정할 것 하나 없어. 난 정말 대단한 존재야. 그리고 이 세상도 꽤나 마음에 들어.'

그야말로 자기 중심적인 유아적 발상이다. 하지만 바로 이러한 느낌이 아이가 세상과 감정적으로 완만하게 하나가 되게 돕는다. 세상 속에 한 자리를 차지하고 있는 자신의 존재에 의심의 여지가 없고, 자기가 속해 있는 세상이 믿을 만하며, 그 세상과 자기는 기본적으로 불화나 갈등이 없다는 일체감 같은 것을 주는 것이다. 따뜻이 안아주는 엄마의 애정 어린 편안한 손길이 조금씩 깨어나고 있는 아기의 정신이 몸에 자리를 잘 잡게 돕는다. 아기의 몸과 감정, 정신은 이런 식으로 일원화되어 서서히 '자기'로서 의식된다. 다양한 본능적 동기(動機)들과 만족의 느낌을 가진 몸에 아기가 자신의 자아와 정신을 긴밀하게 연결시키지 못하면, 자라는 내내 아이는 자기뿐 아니라 모든 게 비현실적이라는 이상한 느낌을 갖게 된다. 그러면서 자기 자신과 긴

밀히 접촉하고 있다는 느낌 없이 신체로부터 멀리 떨어져 있는 듯 느끼게 된다.

위니컷에 따르면, '안아주기'는 사랑의 한 표현 형태로, 신체적으로 안아주는 것을 말하는 동시에 아기를 돌보는 엄마의 하루 일과 전체를 포함한다. 충분히 좋은 엄마는 아기가 아직 이해하지 못하고 소화해내지도 못하는 세상의 모든 복잡함과 침투로부터 아기를 보호한다. 세상으로부터 지나치게 자극을 받으면 아기는 자신의 신경을 모두 꺼버리거나 자신이 존재하지 않는다고 느껴버린다. 그러나 꼭 안아주는 환경이 성공적으로 이루어지면 아기는 자신이 실재한다는 긍정적인 느낌을 가지면서 자신의 존재를 굳게 믿게 된다.

그러니 내 자신의 필요와 욕구는 완전히 제쳐놓고, 내 안에서 웅얼대던 불만의 소리 역시 못 들은 척 무시한 채, 아이에게 병적으로 몰입하여 아이의 모든 필요에 자동반사적으로 움직이며 그러한 자신을 의아하게 느낄 틈도 없이 바쁘게 움직이던 내가 무엇을 느끼겠는가? 내가 발견한 것은 본능이 내게 가르친 엄마됨의 의무, 무섭도록 철저한 책임의 무게였다. 아이를 낳아보지 않았다면 어디서 내가 그런 책임을 느껴보고, 받아들이겠는가! 아이를 낳고 처음으로 깨달은 것이 바로 이것이었다.

'엄마 자격!'

내 어머니의 질책은 충분히 의미 있는 것이었다.

독립성과 상호작용

　오로지 아이만을 위해 대기하고 있어야 하는 나의 생활에도 약간의 변화가 생겼다. 아이의 눈에 서서히 쌍꺼풀이 생기고 기이하도록 길게 끝이 올라간 속눈썹이 자랄 때쯤, 하루에 잠깐씩 짬을 내어 나는 다시 운동을 하러 다녔다. 미국에서 공부를 한 탓에 베이비 시터에 거부감이 없던 나는 아기 보기 아르바이트생을 알선해주는 센터에서 사람을 구해 정기적으로 세 시간씩 아이 보는 일을 맡겼다. 놀아줄 것도 없으니 잘 자나 봐주면서 때가 되면 미리 짜놓고 간 모유를 한 번 먹여주면 되는 시기라 가능했다. 시간을 잘 피하면 기저귀를 갈아줄 필요조차 없었다. 아이가 깨어 있으면 말도 걸어주고 딸랑이나 모빌을 흔들어주면 되었다. 나는 베이비 시터가 오는 그중 하루는 대학에 나가 강의를 했다.

　그러나 아이가 본격적으로 놀기를 원하기 시작할 때부터는 그마저도 불가능해졌다. 손이 많이 가기 시작하자 적은 돈을 받고 버스를 타고 왔다갔다하는 일이 힘들기만 하고 소득이 없다고 느꼈는지 아르바이트생이 발길을 끊었다. 아이가 백일이 될 때쯤엔 불가피하게 이사를 가야 했는데 새로 간 동네는 구석진 곳이라 아르바이트생들이 내 집에 오기를 꺼린다고 했다. 그저 잠자고 먹으면 그만이던 시기를 지나 세상을 경험해야 할 중요한 시기에 내 아이에게 어떻게 반응할지 알 수 없는 타인에게 아이를 맡긴다는 것이 걱정이 되기도 했다. 하는 수 없이 나는 다시 아이와의 갇힌 생활을 선택했다.

이사를 하게 되어 친정에 아이를 맡기고 꼬박 이틀 동안 육체적인 노동을 한 탓에 잘 나오던 젖이 말라버렸다. 3개월 만에 내 아이는 분유로 엄마 젖을 대신했다. 그로써 생리적으로 서로 반응하던 우리의 유대감도 느슨해졌다. 젖떼기는 아이에게만 힘든 게 아니라 엄마에게도 심리적으로 힘든 일이다. '너와 나는 하나'란 존귀한 융합의 느낌이 사라지는 순간이니 말이다. 더 이상 젖을 물릴 수 없는 상태가 그래서 내겐 오히려 상실감으로 다가왔다. 아이와 나의 심리적 탯줄이 그제야 끊어졌다. 그러나 내 아이는 예상했던 것보다 더 쉽게 새로운 분유에 적응했다.

이사간 동네는 재개발에 들어간 동네라 먼지도 많고 교통이 불편하여 아이를 데리고는 시장조차 갈 수 없었다. 보이는 것은 온통 잿빛 시멘트에 지저분한 길이었고, 세상의 소음이란 소음은 다 모인 듯했다. 처음으로 아이에게 선사하는 세상의 모습치고는 너무 미안하여 차라리 집 안에서 나오지 않는 편을 택했다. 기껏해야 모래 먼지 나는 아파트 안의 작은 놀이터에 나가 하늘을 보며 시간을 때우는 게 전부였다. 종종 다른 아기 엄마들도 옆에 앉았다 일어났다. 그러나 오래 앉아 있거나 정기적으로 나오는 사람이 없어서 대부분 혼자였다.

동네에 익숙해지려고 노력하는 사이, 아이도 무럭무럭 자랐다. 나의 기름지던 피부도 갑자기 거칠어지면서 뭉텅뭉텅 머리카락이 빠졌다. 아이가 내 안에 존재했다는 흔적이 하나 둘 빠져나가는 듯했다. 3개월 만에 물건에 손을 뻗고 내 머리카락을 잡아당기기 시작한 아이 때문에 겁이 난 나는 처음으로 머리를 남자처럼 짧게 잘랐다. 한편으로는 이젠 더 이상 여자답기 싫다는 마음의 표현이기도 했다. 애를 안고 다니는 엄마의 신분만으로도 나는 너무나 충분히 여자였다. 내 안에서 무언가 균형을 다시 잡고 싶었다.

이제 아이는 두 손으로 젖병도 잡고 밀고 당길 줄도 알게 되었다. 대책 없이 휘젓는 손에 잡히는 게 있으면 무조건 입으로 가져가기도 했다. 백일이 지나니까 낯을 가리기 시작하면서 못 보던 얼굴에 울음으로 반응을 하기도 했다. 4개월이 채 안 되었을 때인데도 목을 완전히 가누고 허리에도 힘이 들어갔다. 어딘가에 등을 대주면 기대고 앉아 있을 수도 있었다. 하지만 약간이라도 몸을 흔들다 보면 그대로 옆으로 쓰러지기 일쑤였다.

며칠 후 아이는 탁자 같은 것을 짚고 흔들흔들 혼자 서 있게 되었다. 이미 보행기로 제 멋대로 돌아다니던 때였다. 조절은 마음껏 안 되어도 제 몸에 기동성이 생기자 두 눈에 조금씩 세상을 이해하는 영특함이 비쳤다. 4개월째 되는 날 아이는 처음으로 '으헤헤 까르르' 웃었다. 뭐가 우스운 일이었는지는 기억나지 않지만, 웃음이란 것도 세상에 대한 대단한 반응인지라, 나는 놀라움으로 정확한 날짜를 기록해두었다.

이후부터는 발전의 연속이었다. 4개월이 지나자 아이는 사과 조각이나 과자를 혼자 잡고 먹기 시작했고, 어느 날 뒤집기에도 성공했다. 물론 입으로 가져가는 동작이 매끄럽게 한번에 이루어지지 못했고, 몸을 뒤집긴 했어도 팔을 빼지 못해 제 배에 깔린 두 팔이 아파 울기는 했지만 말이다. 4개월 반쯤 되자 큰 물건에 달린 작은 부분들을 손가락으로 만질 줄 알게 되었다. 초보적인 학습이 가능하여 나를 따라 '메롱' 혓바닥을 내미는 흉내도 냈다. 여느 아이와는 달리, 손가락을 빠는 대신 제 발가락을 입으로 가져가 맛있게 빨았다.

여전히 나는 일주일에 한두 번씩 대학에 강의를 나갔다. 아이가 자는 틈틈이 공부를 하는 것만으로도 지옥 같은 지루함에서 탈출하는 기분이었다. 드디어 아기가 데굴데굴 구를 줄 알게 되었을 때 나는 출판사에 인연이 닿아 책을 내기로 했다. 6개월 반이 되었을 때 아이의 작은 잇몸을 뚫고 난 앞니 두 개가 어린것으로 하여금 많은 것을 소화할 수 있게 도왔다. 나 역시 많아진 일거리들을 조금씩 씹으며 감사하는 마음으로 섭취를 했다. 이가 나려니까 침을 많이 흘려 아이가 훑고 간 자리는 늘 젖어 있었고, 잇몸이 간질거려 그런지 신경질적일 때도 있었다. 나 역시 일과 집안일, 아이 돌보기에 대한 욕심이 한꺼번에 뚫고 나와 짜증이 잦아졌다.

7개월이 되자 무릎을 이용해 앞으로 기기 시작한 아이처럼 나도 조그만 자동차를 하나 사서 아이를 태우고 열심히 쏘다니기 시작했다. 차량용 아기 의자는 뒷좌석에 두는 게 바람직하다 했으나 그렇게 되면 운전을 하는 중에 아이를 점검하며 챙길 수가 없어서 두 배로 정신을 차리리라 다짐하면서 아이를 운전석 옆에 두었다. 위험스럽기 짝이 없었지만 운전대를 붙잡고 젖병에 우유를 타기도 했고, 아이에게 간섭하느라 한 손으로 운전대를 돌리는 일도 잦았다.

그렇게 해서 다닌 곳은 근처 놀이터들과 공원이었다. 시장이며 서점이며 사람들 많은 곳도 거리낌없이 돌아다녔다. 이른 아침에 아이가 깨면 분위기 좋은 길거리 카페에 나가 지나다니는 사람들이라도 구경하자며 아이를 끼고 나왔다. 물론 그 대가는 아이의 잦은 감기였고, 감기가 오래 지속되면 아주 어려서 앓았던 중이염이 재발되는 일이 뒤따랐다. 근처 병원에서는 자주 오는 엄마로 낙인이 찍혀버렸다. 집에만 있다고 감기에서 벗어날 수 있는 것도 아니니 소소하게 아플 거라면 차라리 치료받을 걸 각오하고 세상 구경을 더 하자는 게 내 변명이었다.

세상맛을 더 보려는 듯 아이는 9개월 때 윗니 두 개가 더 솟아났고, 13개월이 되니 위아래 8개, 15개월에는 12개로 그 수가 대폭 늘었다. 분유에서 우유로 바뀌어도 역시나 까다롭지 않았고, 밥도 조금씩 먹게 되니 아이와 함께 오래도록 집 밖을 나가 있어도 되었다. 어디를 가나 이제 먹을 걱정은 없어졌다. 기저귀만 여분으로 늘 잘 챙기면 되었다.

아이의 순차적인 발달이 진행되면서 나의 일도 조금씩 더 늘었다. 강의도 많아지고, 책도 쓰게 되면서 본격적으로 내 생활을 되찾아야 할 필요를 느꼈다. 베이비 시터가 오지 않게 되자 친정어머니가 일이 있을 때마다 아이를 봐주셨다. 그러나 그것에도 한계를 느낀 나는 아이를 맡길 탁아소를 찾았다. 조카들을 길러내신 어머니를 보고 자란 탓에 은연중 눈치가 많이 보였다. 친구들과 어울려 다니시며 어머니가 주변으로부터 듣는 얘기도 "절대로 아이 보는 할머니는 되지 말아야 한다"는 말뿐이었다. 사는 곳 주변을 빙 둘러 옆의 한두 동네까지를 샅샅이 뒤져 마침내 원장부터 선생님까지 인상도 좋고 믿음이 가는 어린이집을 발견했다. 그곳에 아이를 맡긴 것은 아이가 9개월째 되던 날이었다.

처음 한 달은 30분씩 그 다음엔 한 시간씩 엄마와 함께 있다가 일찍 집으로 귀가하여 천천히 적응을 할 수 있는 시간을 가져야 한다고 했다. 욕심을 부리지 말자고 다짐하며 그렇게 따라했다. 하지만 가장 어린 반에 가장 어린 나이로 들어간 아이는 방어도 제일 못하고 자신의 필요를 제대로 요구하지도 못했다. 영아반 아이들은 모두 의도하지 않은 상처를 서로에게 주면서 공격적일 때는 무섭도록 사나웠다. 물건 하나를 놓고 자기 것으로 만들 수 없으면 울음부터 터뜨렸고, 본능적으로 서로 꼬집고 밀쳐 탐나는 것은 모두 자기 것으로 만들었다. 다행히 다섯 명이 정원이었다. 선생님은 젊은 아가씨였는데 아이들을 워낙 예뻐해서 감정을 억제하지 못하고 애정 표현의 잇자국을 종종 아이들의 몸에 선사했다.

영아반 아이들은 또래에 대한 관심이나 상호작용이 없는 나이여서 선생님의 보호 아래 구석마다 진을 치고 앉아 혼자서 장난감을 가지고 놀 뿐이었다. 조용한 집에서는 잠투정이 심하더니 어린이집의 북적거리는 속에서는 아이가 낮잠을 잘 잤다. 엄마를 떠나 뭔지 제 맘대로 되지 않는 곳에서 엄마와 하지 않는 이런저런 활동을 어깨 너머로 구경하거나 따라하면서 사람들로부터 자극을 받았으면 하는 것이 내 기대의 전부였다. 하지만 아직까지는 그저 효과를 가늠해보는 수준이었다. 이런저런 단기(短期)의 일들을 하고 있던 터라 언제든 아이에게 맞지 않으면 내가 일을 중단하든지 다른 대안을 찾아보리라 마음먹었다. 하지만 둘째 달에 아이는 엄마 없이도 매일의 한두 시간을 잘 견뎠다.

위니컷은 완벽히 아기에 몰입했던 엄마가 어느 순간 자신이 아이로부터 독립된 존재임을 다시 느끼면서 서서히 처음과 다른 방향으로 적응해 간다고 말했다. 울음의 의미를 대충 파악하게 된 뒤로 나 역시 배고파 울거나 기저귀가 불편해 우는 것일 때는 좀더 아이를 울려도 크게 문제가 되지 않음을 알았다. 그래서 우는 소리를 뒤로 하고 먹던 밥은 일단 다 먹었고, 화장실에서도 시간을 충분히 가지며 옷매무시를 챙기고 나왔다. 아이가 깨어 있어도 짬짬이 일을 했고, 가끔은 함께 자던 아이가 먼저 깨서 뒤척거려도 '엄마도 좀 자자'라면서 내 실속을 먼저 차렸다. 그런 내가 아이에게는 어떻게 비쳤을까? 전처럼 맘대로 움직여지지 않는 세상에 대해 조금씩 의아함을 느끼면서 실망을 했을 것이 뻔하다. 그러나 아기의 정신이 발달하는 데 그것은 아주 중요한 변화다.

엄마와의 완벽한 합일 상태에서 매순간 욕구가 충족될 때 아기는 그 대상의 시공간적 위치를 확인할 필요가 없다. 그러나 자신의 욕구가 즉각적으로 채워지지 않게 되면 절망으로 인해 아기는 공격적이 되어서 자기와 분리된 그 대상을 찾게 된다. 그러면서 그 대상이 자기 아닌 외부에 있음을 깨닫는다. 비로소 아기는 엄마와의 융합의 상태에서 깨어나 하나의 독립된 개체로 발전하는 것이다. 외부적인 것을 그런 식으로 지각하게 되면 '나 아닌 그것'에 대조되는 '나' 역시 조금씩 이해가 된다.

맘대로 움직여지지 않는, 그래서 언제 그 사람 맘대로 떠날지 모르는 바깥 대상에 집착을 하게 되는 것도 아이의 발달에 있어 중요한 의미를 갖는다. 지능이 조금씩 발달하면서 아기는 부엌의 달그락거리는 소리가 밥을 의미한다는 것을 알게 되고, 허기진 배를 충족시키는 데 엄마가 자기에게 꼭 필요한 사람임을 알게 된다. 밥숟가락을 자기 입에 들이미는 바로 그 익숙한 얼굴이 자신의 생존에 중요한 사람인 것이다.

"내가 바로 네 엄마야."

그녀의 반복되는 말에 아기는 그녀와 엄마라는 단어를 언어적으로 연합시키게 된다. 그러면서 천천히 자기 밖의 중요한 존재들에 관계하는 능력을 발달시킨다.

치료를 하다 보면, '관계'라는 것이 참 어려운 개념이자 현상임을 알게 된다. 여러 사람들과 어울리며 관계를 하고 있는 듯이 보여도 사실은 제대로 관계를 할 줄 모르는 사람들이 있다. 눈에 보이는 것과 다를 수 있는 얘기라 말로 설명하기가 참 힘들다. 하지만 사람들과 관계하는 그 사람의 성향이나 양상은 그 사람 자신의 존재감 및 정체감과 관련이 있다는 것은 어렵지 않게 이해될 것이다.

'관계를 한다'는 것은 기본적으로 '나'라는 독립된 존재를 상정한다. 유기체의 세포들을 하나의 개체로 싸고 있는 피부처럼, 각각의 '나'는 눈에 보이지 않는 심리적인 어떤 울타리를 가지고 있다. 심리학에서는 그것을 '경계'(boundary)라고 부른다. 경계지어진 고립된 그 무언가가 '나'란 존재감을 만들고 '나'의 정체를 만든다. 그 경계가 너무 단단하고 정형화되어 있을 때 우리는 문제를 느낀다. 그러나

'나'라는 경계가 없으면 문제는 더 커진다. 나의 경계가 없으면 너와 나의 구분 없이, 세상과 나의 구분 없이 모든 것이 융합된 속에 엉켜 있게 된다. 그때는 대상도 대상 자체로 눈에 들어오지 않고, 어떤 경험을 하게 되든 자기 고유의 체험이 되어 자기를 형성하는 것들로 쌓이지 않는다. 나의 경계 없음은 유아적 사고와 감정에 근거한 지극히 주관적인 체험을 낳는다.

경계가 없는 인간은 관계를 하지 못한다. 왜냐하면 각각의 '나'란 존재는 고립된 섬이라서 서로에 다리를 놓아야만 만날 수 있고 작용할 수 있기 때문이다. 그 다리를 통해 사람들은 서로 필요한 것들을 얻을 수 있는데, 바로 그 다리를 놓는 작업이 '관계한다'는 것이다. 평생 만들어지는 수많은 다리를 통해 오고 가는 것들이 그 사람의 경계에 영향을 끼치는 것은 지극히 당연하다. 충분히 유연한, 그러나 분명히 존재하는 경계를 가진 사람들은 매번의 다리 체험에서 자기 확장을 경험한다. 혹은 자기를 좀더 풍요롭게 하고 분명히 느낄 수 있는 기회들을 갖게 된다. 이름뿐인 다리만 걸어놓고, 쌍방에 오고 감이 가능하게 문을 열어놓지 않고 있거나, 상대의 문을 열고 그에게 영향을 끼치기를 꺼리는 사람들은 진정한 의미에서 관계를 하고 있지 않은 사람들이다. 그런 사람들은 경계가 지나치게 단단한 경우라 할 수 있다.

그러니 엄마와 자기를 구분하지 못하고 전체로 융합되어 있던 아기가 상대의 미묘한 어긋남으로 인해 서로가 독립된 존재임을 알게 되면서, 타자와의 대조를 통해 자기를 알아가게 되는 것, 그러면서 혼자 살아갈 수 없는 이 세상에서 자기의 필요와 욕구에 따라 사기 밖의 무언가에 다리를 놓으려고 애쓰는 것은 발달적으로 아주 중요한 의미를 갖는 변화다. 그러나 이것은 어린 아기에게 심리적으로 무척이나 어려운 전환이다. 하지만 이 전이(轉移)가 성공적으로 이루어지면, 아기는 무조건 엄마가 안아주는 단계에서 벗어나 엄마와 더불어 사는 국면으로 접어든다. '더불어 살기'란 아기가 하나의 독립된 개체로서 자기 자신과 분리되어 있는 외부의 실재 대상인 엄마와 관계를 한다는 것을 말한다. 엄마에 대한 아기의 요구는 자라면서 점차 줄어들고, 시간이 흐를수록 누군가에게 의존을 해야 할 필요도 적어진다. 아기의 이러한 성장이 엄마가 자신의 독립성을 회복하는 과정과 일치하면서 양측 모두에게서 상호작용적으로 변화가 일어난다.

나와 내 아이도 그렇게 서로 새롭게 적응해갔다. 그때 내가 벌인 변화들에 나 스스로 죄책감을 갖지 않았던 게 신기하다. 아이가 자라는 것처럼 똑같이 자연스럽게, 필연적으로 새로운 계기들에 순응하면서 둘이 함께 발맞춰 움직였을 뿐이다. 관계는 언제나 상호작용적인 것임을 사람들은 자주 잊는다.

너는 나의 거울

아이를 키우면서 가장 신기하고 흥미로웠던 일 한 가지를 꼽으라면, 나는 단연코 아이가 '자기'를 이해해가는 과정을 훔쳐본 일이었다고 말하고 싶다. 물론 말 그대로 그저 훔쳐본 것만은 아니었다. 나도 그 과정에 중요한 인물로 참여하고 있었으니까 말이다.

아이가 방긋방긋 웃는 거울 속 모습이 자기임을 알게 된 것은 백일을 전후해서였다. 처음에는 거울에 혼자 비친 자신을 보고 그것이 자기인 줄 몰랐다. 그냥 움직이는 어떤 물체이거나 알 수 없는 어떤 것이라고 생각하는 듯했다. 아파트에서 엘리베이터를 탈 때마다 나는 거울을 마주하여 아이와 장난을 치곤 했는데, 아이는 엄마인 나를 거울에서 분명히 알아보았다. 앞에 비친 나를 보고 방긋 웃다가 자기를 안고 있는 내 얼굴을 다시 보다가 거울 속의 나를 다시 보고 웃곤 했다. 입에 작은 거품을 물고 알 수 없는 말을 옹알거렸는데 엄마를 알아봤다고 표를 내는 것 같았다. 도대체 조그만 그 머리로 여기에 있던 엄마가 금세 다시 저기에 있고 다시 또 여기에 있음을 어떻게 이해하는 걸까? 나는 일부러 이쪽 거울을 보고 있다가 재빨리 뒤로 돌아 반대편 거울을 보여주었다. 아이는 동그랗게 눈을 뜨고 갑작스런 변화에 놀라는 듯하다가 이내 다시 그쪽 거울에서 나를 확인하고는 방긋 웃었다.

가끔은 장난기가 발동해서 아이만 손으로 받쳐 안고 거울 아래로 무릎을 굽히면 아이는 사라진 엄마에 깜짝 놀랐다가 금세 고개를 숙여 내 머리카락을 잡아당기곤 했다. 그러다가 불쑥 내가 다시 거울 속에 등장하면 아이는 까르르 웃었다. '까꿍놀이'인 줄 알았을 것이다. 하지만 아이는 거울 속에 혼자 있는 자신은 알아보지 못했다. 잠시 멀뚱히 있다가 귀여운 아기 친구라 생각했는지, 인사하듯 그냥 웃어 보였다.

그러던 어느 날 엘리베이터에서 아이는 나와 상호작용을 하던 중에 거울 속의 아기가 자기 자신임을 문득 인식했다. 엄마가 자기에게 뭐라고 이야기를 하면서 기분 좋게 볼에 뽀뽀를 해주었는데 거울 속의 엄마가 어떤 아기에게도 볼에 뽀뽀를 해주는 것이 아닌가! 아이는 나를 한참 쳐다보다가 다시 거울을 보았다. 나는 아이의 눈에 언뜻 스친 이상한 느낌을 발견하고 거울 속의 아이의 이름을 부르며 안고 있던 아이의 손을 흔들어 보였다. 거울 속 아가도 동시에 손을 흔들었다. 아이는 다시 나를 보았다가 자기 손을 보았다가 거울 속의 자기를 보았다. 이내 아이는 거울 속의 자기에게로 손을 뻗었다. 나는 아이에게 속삭였다.

"그래, 이게 너야. 예나. 엄마의 예쁜 아기. 이건 엄마고. 예나 엄

마. 이제 알겠니? 이게 바로 너야."

내 아이는 그 짧은 순간 마치 번개를 맞은 듯 중요한 것을 깨달은 듯했다. 그동안의 단편적인 경험들이 갑자기 실에 좍 꿰어져 하나의 완성된 목걸이가 만들어지는 느낌이었을 것이다. 갓난일 때는 엄마를 포함해 눈에 보이는 모든 것들이 배고프고 똥 마려운 신체적인 느낌으로서의 자신과 한 덩어리로 얽혀 있는 세계인 양 느꼈다. 그러다가 자기가 울면 달려와 젖을 주고 배 아파 울면 안아주며 얼러주는 엄마가 따로 저기 밖에 존재하는 중요한 대상임을 알게 되었다. 그러고는 그 엄마가 자주 가져다주는 사물들과 주변에 자주 등장하는 사람들의 얼굴을 서서히 알아보기 시작했다. 그런데 이번에는 엄마가 기분 좋게 해주면 까르르 웃고, 엄마가 불편하게 안아주거나 젖을 늦게 주면 즉각적으로 반응하여 울던 그 존재가 바로 엄마에 대립되어 있는 '자기'임을 비로소 알아차린 것이다.

몸이 태어났다고 해서 인간이 자기 인식을 가지고 태어나는 것은 아니다. 자기를 알게 되는 인식의 씨앗이야 하나의 정신적 능력으로 유전적으로 가지고 태어나는 것이지만, 내용을 지닌 인식을 가지고 태어나는 건 아니란 뜻이다. 그래서 심리학자들이 신체적 탄생과 구별하여 '심리적 탄생'에 대해 논하는 것이다. 이론적으로 미리 관심을 갖고 있던 터에 그것을 내 아이에게서 관찰할 기회가 있었음은 내게는 축복이었다.

그런데 인식되는 '자기'는 고정 불변의 어떤 것이 아니다. 애초에 환경과의 상호작용에서 생긴 자기 인식은 환경 속에서 계속 역사를 가지고 변화한다. 자기는 절대로 자기를 자기 눈으로 볼 수 없다. 자기는 언제나 자기를 비춰볼 거울이 필요한데, 심리적으로 그 거울은 자기 주변의 사람들이다.

심리학에서는 고전이론으로 갈수록 자기 혹은 자아란 것을 폐쇄적인 독립된 실체인 양 다룬다. 그 점을 비판하면서 '관계 속의 자기' (self-in-relation)란 개념을 새롭게 제시한 것이 페미니스트 심리학자들이다. 지금까지 성장과 성숙의 발달 모델은 자기의 개체화와 그에 따른 독립 및 자율성의 획득에 최고의 가치와 목표를 두었다. 그 가치가 잘못된 것은 아니지만 자기를 마치 단단한 입방체인 양 실체화하는 것은 오류로 들린다.

예를 들면, 사회라는 거울이 여성의 삶에 부정적인 영향을 끼치는 것 중에 '섭식장애'란 것이 있다. 섭식장애는 여성들에게 편중되어 나타난다. 여성을 육체적으로 조건화시키는 사회의 가치관과 유행이 어린 소녀가 자기를 이미지화해가는 과정에 의식적 혹은 무의식적으로 영향을 끼쳐 자신을 바라보는 시각을 병적으로 왜곡시킨다. 결과적으로 소녀는 신체적·정신적으로 건강을 해치게 되는데, 뚱뚱해지는 것에 대한 그녀의 불안은 주변 사람들이 아무리 괜찮다고 말해줘도 자기만의 비현실적인 거울을 갖게 된다. 실제적으로는 호리호리한 그녀이지만 그 거울 앞에서는 언제나 너무 뚱뚱하다. 그녀는 사회의 잘못된 거울을 자기 것으로 내면화하여 그 거울의 희생물이 되는 것이다. 소녀는 굶거나 먹은 것을 다 토해내야만 마음이 편해진다.

여기서 말하는 '거울'은 공장에서 만든, 사물을 비추는 거울이 아니다. 관계 속에서 사람들이 누군가의 자기 인식에 작용하는 역할을 말하는 것이다. 사람들이 자기와 다른 사람을 되비춰주는 방식에는 감정적인 뉘앙스나 가치판단이 들어 있게 마련이다.

'여기에 엄마가 있다. 엄마는 내게 너무나 중요한 사람이다. 아, 엄마가 행복한 얼굴로 웃어주며 사랑스럽게 이름을 불러주는 이 꼬마가 나구나. 그래, 나는 사랑하는 사람을 행복하게 해주는 의미 있는 존재구나.'

이게 바로 거울 작용이고, 긍정적으로 작용했을 때의 경우다. 거울로 반사해주듯 아기의 모든 미묘한 제스처에 하나하나 감정적으로 반응해주는 엄마의 거울을 통해 아기의 존재감은 강화된다. 거울을 본 적이 없는 아기, 혹은 봤다고 해도 그것이 자기인지 모르는 아기는 엄마의 얼굴을 볼 때 그녀의 표정 속에 보이는 것을 자기라고 느낀다. 자기가 무슨 재롱을 피우든, 어떤 것을 요구하든, 무관심하고 우울한 엄마의 두 눈만을 대면하는 아이는 자신이 누구인지를 모른다. 거기에는 아무것도 비춰지지 않기 때문이다. 반면에 매사에 짜증을 내며 아이가 하는 모든 행동에 화난 얼굴을 한 엄마는 아이에게 '나는 쓸모 없고 무가치한 존재'란 인식을 심어준다.

'나'는 홀로 존재하는 것이 아니다. 마주하고 관계하는 대상(對象)들이 없으면 '나'란 존재하지 않고, 확인되지도 않는다. 나는 '너' '우리' '그들' 속에서 '만들어지는' 것이다.

그래서인지 나는 유독 타잔 스토리를 좋아하는데, 디즈니에서 나온 만화영화도 무척 감동적이었다. 그중 가장 인상적이었던 장면은 꼬마 타잔이 엄마 고릴라의 가슴에 귀를 대고 엄마와 자기가 결코 다르지 않음을 느끼면서 존재감을 다시 키우는 장면이다.

태어나자마자 고릴라 손에 키워진 타잔은 그 세계에서 무엇 하나 잘하는 게 없고 신체적인 특징도 다른 친구들과 다르다. 무리의 대장인 고릴라 아버지가 자기를 인정하지 않자 타잔은 스스로 쓸모 없는 존재라고 생각하면서 자기를 혐오하기 시작한다. 아버지의 '거울'에 비친 자신은 결코 '그들' 중 하나가 될 수 없는 별종이다. 울면서 뛰어간 타잔이 강물에서 발견한 것도 손과 발이 이상하게 못생긴 벌거숭이 자기다. 그러나 타잔에게는 충분히 좋은 엄마가 있었다. 엄마와 꼬마 타잔의 대화이다.

ㅡ내가 뭘 보는 지 아니? 여기 두 눈, 코, 두 귀.

ㅡ두 손도?

ㅡ그래.

엄마 손에 자기 손을 맞대고 좋아하던 타잔은, 그러나 자기 손이 엄마의 손과 다르다는 것을 다시 한 번 깨닫는다. 자기 손을 내려다보며 절망하는 타잔에게 엄마는 부드러운 목소리로 눈을 감으라고 한다.

ㅡ네가 본 것을 잊으렴.

엄마는 타잔의 손을 그의 가슴에 대준다.

ㅡ뭘 느끼니?

ㅡ내 심장의 박동.

엄마는 타잔을 끌어당겨 자기 가슴에 귀를 대게 한다.

ㅡ여기는?

ㅡ엄마의 심장 소리.

ㅡ그래. 그리고 그건 아주 똑같지? 아빠는 그저, 그걸 볼 수 없는 거야.

타잔은 자기를 인정하고 품어주는 엄마 덕에 자존감을 되찾아 삶의 목표를 정한다.

―내가 보게 할 거야. 나는 최고의 고릴라가 될 거야!

물론 이 영화는 엄마뿐 아니라 아버지의 역할도 중요함을 보여준다. 위대한 아버지를 자기가 넘어야 할 산처럼 느끼며 그에 대립하고, 닮으려 하고, 다시 극복하려는 아들의 성장 과정을 흥미진진하게 보여준다. 하지만 타잔에게는 아버지란 거울뿐 아니라 근본적으로 그에게 더 중요한 거울이 있었으니, 바로 엄마라는 믿음직한 존재의 긍정적으로 민감한 반응들이다. 나중에 청년이 된 타잔이 표범의 공격으로부터 아버지를 살려내 무리의 영웅이 되었을 때 엄마는 아무 말 없이 멀리서 아들을 쳐다본다. '그래, 그게 너란다'라고 속삭이는 눈빛으로.

내가 좋아하는 또 다른 영화가 있다. 「아멜리에Le fabuleux destin d'Amelie Poulin」란 프랑스 영화다.

애정 결핍에 고집불통에 강박적인 데가 있는 의사 아버지와 눈꺼풀에 경련을 일으키며 신경증적 불안에 히스테릭한 교사 어머니 사이에서 태어난 아멜리에는 엄마와 아빠의 따뜻한 어루만짐을 원하지만, 부모는 그녀의 필요에 응해주지 않는다. 아버지와의 접촉은 매달 검진 때뿐이라서 모처럼 닿은 아빠의 손길에 수줍어 가슴이 콩콩 뛰는데, 아버지는 딸에게 심장병이란 오진을 내린다. 결국 아멜리에는 학교에 가는 대신 집에서 엄마의 신경질적인 엄한 교육을 받는다. 얼마 되지 않아 사고로 엄마가 돌아가시고, 그 충격으로 아버지는 폐쇄적인 사람이 된다. 외로운 아멜리에는 TV를 보듯 주변 사람들을 구경하고, 전망대에 올라가 세상을 관찰하는 낙으로 산다. 그녀의 인생은 고독한 성에 갇혀 '지금 세상에 몇 쌍이 사랑을 나누고 있을까?'와 같은 바보 같은 질문을 던지는 구경꾼의 삶이다. 일차적인 관계 대상이었던 부모가 아이에게 미친 영향을 느낄 수 있는 장면이다.

그러던 어느 날, 아멜리에는 자기 아파트에서 낡은 보물상자를 발견하고 주인을 찾아나선다. 어렸을 적 추억의 일부를 되찾아 행복해하는 그를 훔쳐보다가 문득 아멜리에는 '절대적 평안'을 느낀다. 그날 이후, 삶이 그녀에게 단순하고 명료하게 다가오기 시작한다.

그때부터 그녀는 다른 사람들의 삶에 조금씩 끼어들기 시작한다. 다른 사람들은 알아채지 못하는 옥의 티를 발견하는 데 남다른 재능이 있는 그녀는 주변 사람들의 필요를 민감하게 감지하여 자신의 풍부한 상상력으로 작은 전략들을 짜내, 그들의 필요를 하나씩 충족시킨다. 그녀가 돕는 주변 사람들은 심각한 문제를 가지고 있다. 우울증에 편두통에 신경증을 안고 있는 노처녀, 자기를 차버린 여자의 일거수일투족을 감시하고 녹음하며 참견하는 스토커, 평생을 방구석에 앉아 매일 똑같은 그림만 그리는 '건강염려증' 할아버지, 즉석 사진대 아래에 찢어서 버려진 증명사진들을 주워 모으는 기이한 수집가 청년……

그러나 영화의 끝엔 아멜리에도 자기가 도왔던 그들의 도움을 받아 진정으로 마음이 열리는 사랑에 빠지고, 그녀가 지하철역에서 장님 할아버지의 축음기를 통해 들은 '당신이 내게 준 이 기쁨을 몰랐다면 어떻게 살았을까?'의 노래 가사를 가슴으로 알게 된다.

나 역시 사람들이 내게 주는 기쁨으로 사는 사람 중 하나다. 내 경험과 신념이 그러하기 때문에 사람들에게 그것의 가치와 힘을 믿게 하는 일을 한다. 아마 나도 영화의 주인공과 비슷한 우연으로 사람들을 돕기 시작했을 것이다. 그리고 그 맛을 알아버렸을 것이다. 내가 그녀와 다른 점이 있다면 학위를 따서 내가 하는 일에 대해 이론적으로도 자세한 이야기를 할 수 있다는 것과, 그녀의 깜찍한 전략이 내게는 조금 더 신중한 작전이 된다는 것뿐이다. 내가 만나는 사람들에게 무엇이 필요한지, 그들을 괴롭히고 아프게 하는 것이 무엇인지를 알아 그것을 타개할 대안을 같이 모색하고 스스로의 인식과 행동상의 변화를 꾀하도록 돕는 것이 내 역할이다. 그런 내게는 언어나 지식뿐 아니라, 내 나름의 전략을 설득하고 확인하고, 그 사람 스스로 최선의 길을 느끼고 찾아보게 해주는 미술이라는 도구도 있다. 그런 점에서 나는 운이 좋은 사람이다. 사람들로 하여금 내가 주는 기쁨을 알게 하고, 그들이 또 내게 주는 기쁨을 아는 사람이니까.

하지만 그 기쁨이, 내 피가 섞인 내 아이를 만나 확인하고 사랑하고 상호작용하는 기쁨에 비할까! 거울 속에서 장난을 치면서 나를 발견하고 자기를 발견한 내 아이의 빛나는 영특함을 어찌 잊을까. 네가 네가 되고, 내가 나로서 너를 알게 되는 이 신비로운 긴긴 과정을 몰랐다면 이 세상엔 내가 모르는 기쁨들이, 내가 모르는 진실들이 너무나 많았을 것이다. 나도 그 영화에 나왔던 그 노래를 부르고 싶다.

'네가 내게 준 이 기쁨을 몰랐다면 어떻게 살았을까? 내 아이야.'

아이의 존재는 이제 내게 기쁨이란 이름의 싹을 틔웠다. 넝쿨은 사라지고, 그 자체로 빛나는 하니의 생명체가 영롱한 자기 인식을 가지고 날마다 조금씩 내게 다가왔다. 이제 나는 '아이'라는 막연한 존재

가 아니라, 비로소 이름 석자를 가진 구체적인 형태를 가진 한 아이
와 대면하게 된 것이다. 그리고 그것은 더 이상 지루한 아기 돌보기
로 그치지 않았다.

엄마의 자리

아이가 11개월째에 접어들자 나는 아이를 데리고 호주의 친척 집으로 여행을 갔다. 아이는 거기서 걸음마를 시작했는데, 전혀 다른 환경 탓이었는지 재빨리 많은 것들을 이해하고 터득했다. 헬로우, 바이 바이도 말하고, 그곳 할머니의 엄격한 지도에 따라 어린이집에서 미처 몸에 배지 못한 테이블 예절도 익혔다. 집에서는 일일이 쫓아다니며 아이에게 밥을 먹여야 했는데, 그곳에서는 아기 테이블에 앉아서 주는 대로 잘 받아먹었고, 자기가 떠먹기도 했다. 컵으로 음료수를 혼자 마신 것도 그때는 신기한 일이었다.

나는 일부러 아이가 그곳에서도 일일 어린이집을 경험하게 했다. 집단생활이라든지 또래에 대한 인식을 아이가 어떻게 소화하고 활용하게 될지 보고 싶어서였다. 백인 아이들과 섞여 나름대로 잘 건디는 아이가 참 다행스러우면서도 의외였다. 행여 누가 밀치거나 때리기라도 할까 안절부절못하며 아이를 지켜보는 것은 오히려 나였다. 도대체 내가 뭘 확인하고 싶었던 건지 모르겠다. 호주에서 아이는 처음으로 바다에도 들어가보고, 수영장에서 유아를 위한 수영 강습도 받았다. 조그만 헬멧을 쓰고 내가 끌고 가는 자전거 뒤 작은 의자에 앉아 꼬꼬들을 보러 공원으로 나가기도 했고, 동물원도 구경하고 오리도 만져보며 많은 경험을 했다. 첫돌 직전에 구경한 세상으로선 큰 것이었다.

그런데 아이에게 젖을 먹이던 첫날의 느낌과 똑같은, 뒤통수를 망치로 얻어맞는 것 같은 경험을 나는 그곳에서 한 번 더 겪게 되었다. 미망의 긴 잠에서 깨어난 느낌이었다. 그날 우리가 무슨 옷을 입고 있었는지, 햇살은 어땠는지, 주변에는 무엇이 있었는지, 몇 월 며칠 몇 시의 일이었는지까지 세세하게 기억이 날 정도이니, 그 충격이 컸던 게 분명하다.

그날 우리는 여러 가지 재미난 골동품들을 자랑하는 조그만 마을을 구경하고 있었다. 혹시나 편안히 다닐까 싶어 유모차를 끌고 나왔지만, 아이가 유모차를 거부하여 하는 수 없이 아이를 가슴에 매달고 한 손으로는 유모차를 끌면서 일행의 뒤를 따라다녔다. 아기 업는 용구를 언제나 앞으로 해서 세상을 보라고 아기의 얼굴을 내 쪽이 아닌 바깥 쪽으로 하고 다녔다. 그런데 이미 어설프게라도 걸을 줄 알게 된 아이는 캥거루처럼 엄마 주머니에 들어앉아 있는 것이 싫었던 모양이다. 아이는 자꾸만 뭐라뭐라 웅얼거리면서 내가 끌고 가던 유모차를 자기 손으로 끌어보려고 했다. 가슴에 처지게 매달린 아이의 짧은 팔이 충분히 닿을 정도에 손잡이가 있었다. 하지만 바퀴의 좌우 조정이 아이에게 쉬울 턱이 없었다. 유모차가 흔들리며 엉뚱한 데로 밀려가 내가 급히 유모차를 붙잡으면 아이는 내 손을 탁 치워버리고 자기 혼자 끌고 가려 했다. 말도 못하는 녀석의 고집에 피시식 웃으며 나는 보이지 않게 밑으로 손을 내려 유모차의 기둥을 잡고 몰래 방향을 조절했다. 그런데 아이는 얹혀진 내 손을 보고 화를 냈다. 그러고는 매정하게 다시 그 손을 발로 걷어차서 떼냈다.

아이의 분명한 거부였다. 여태까지 아이가 나처럼, 내가 아이처럼 한 몸으로 움직이던 모든 기억을 끊는 몸짓이었다. 그때 깨달았다.

'너는 내가 아니구나. 나도 너일 수 없지. 너와 난 애초부터 다른 개체였구나. 너는 이제부터 그냥 너여야 할 테지. 그렇다면 그 말은 곧 나도 그냥 나여야 한다는 뜻이구나.'

늘 원해왔던 것이었으나 막상 아이의 독립적인 몸짓을 보고 나니 기분이 이상했다. 배신을 당한 것 같기도 하고, 여태까지의 시간이 한없이 안타까우면서, 그럼 이제부터 난 뭐야 하는 허탈감에, 준비되지 않은 '나'라는 존재가 졸지에 길거리에 나앉은 듯한 느낌이었다. 아이가 원하는 것은 이제 엄마가 해줄 수 있는 것 이상인 듯했다.

호주에서 돌아왔다. 어린이집 오리엔테이션 기간도 끝났기 때문에 나는 전보다 더 굳은 확신으로 아이를 어린이집에 맡겼다.

'좋다. 가서 다치면 엄마가 위로해주며 약 발라주마. 언제나 뒤에서 지켜보고는 있을게. 엄마가 잡아 끌고 다니지는 않을 테니 안심하고, 네가 네 세상을 움직여봐라.'

어린이집에 아이를 다시 떨굴 때의 내 심정이 그랬다.

하지만 너무 일찍 아이를 떼놓았다고 주변에서 죄책감을 갖게 하는 말들을 이것저것 던졌다. 직장 때문에 어쩔 수 없다는 게 입막음을 하는 가장 간단한 답이었다. 물론 그때의 내 직장이라는 것은 안 나가도 그만인 선택 사항이었지만 말이다. 만약 누군가가 직장 때문이라는 내 답에 계속해서 토를 단다면, 엄마가 집안일을 하느라고 맘껏 놀아주지 못할 바에는 차라리 아이가 또래와 어울리며 다른 상황들을 경험하게 하는 것이 더 나을 수도 있다는 주장을 준비해놓고 있었다. 아이가 적응을 못 하면 문제이지만, 나름대로 적응을 잘 하는데 모든 아이들에게 똑같이 일반론을 적용할 필요는 없다. 아이를 가장 잘 아는 것은 그 아이의 엄마다. 어차피 절대적인 원칙이란 게 없는데 다른 사람들이 왈가왈부해봐야 소용이 없다. 아이도 다르고 엄마도 다르다. 게다가 상황도 다르다. 나 자신뿐 아니라 아이를 위한 최선이 이것이라면 나는 믿는 바대로 행할 것이다. 뒤에 탈이 나면 내가 책임진다. 책임질 것도 아니면서 다른 사람들은 말하지 말라. 이렇듯 내 고집도 아이 못지않게 세졌다.

대신 나는 아이가 집에 돌아오는 시간부터는 아이에게만 집중하려고 애썼다. 하지만 늘 마음처럼 되지만은 않았다. 1년 동안 잘 참았다는 생각에 덧붙여 욕심이 봇물 터지듯 했다. 2년 동안 책을 다섯 권을 쓰고, 여러 학교에 강의를 나갔으며, 사설기관에 미술치료 교육 과정을 신설하는 등 왕성하게 활동을 했다. 저녁에 남편이 돌아오면 바톤 터치하듯 나는 아이를 남편에게 맡기고 책상에 들러붙어 공부를 하고 원고를 썼다. 그것도 여의치 않으면 급하다면서 친정에 달려가 매달렸다. 내 노력의 산물로 나온 책들을 함께 드리면 어머니도 자랑스러워서인지 하는 수 없이 한숨을 죽이고 아이를 맡으셨다.

그때까지 내 아이는 예쁘긴 해도 여전히 나라는 사람과 삶에 책임의 무게를 지우는 부담이요, 짐이었다. 인정하고 싶지는 않았지만 그 무게는 퍽이나 버거울 때가 많았다. 아이가 몸이 아프거나 해서 일정이 전부 뒤죽박죽 엉키면 밤새워 아이를 업고 다니면서 짜증 섞인 눈물을 흘렸다. 아이 때문이 아니라 내 처지에 대해 흘리는 눈물이라 말해야 옳다. 그러면서도 어린이집에 유달리 가기 싫어해서 아이를 하루 종일 끼고 있어야 하거나, 그것이 여의치 않아 억지로 떼놓아야 하는 아침이면 가슴이 찢어졌다. 그렇지만 다시 일 속에 파묻히면 노력하는 만큼 잊혀지는 감정이었다. 아이가 눈에 밟힌다는 다른 엄마들의 말에 "나도 그래" 하고 끄덕이기는 했어도, 솔직히 아이가 내 눈에 못 견디게 밟힌 적이 없다. 아이는 그냥 예뻤다. 그게 다였다.

그 사이 내 아이는 어린이집 선생님과 할머니 그리고 나 사이에서 한편으로는 풍요롭지만 한편으로는 갈피를 잡지 못하는 생활을 하고 있었다. 나를 엄마로 인식하고 따르긴 했지만, 그때까지는 할머니의 영향력이 더 커서 할머니를 '할머니 엄마'로 알 만큼 나보다 할머니에게 더 집중했다. 그게 섭섭하고 창피할 때면 나는 억지로 아무렇지도 않다는 듯 털어버렸고, 그렇게라도 할머니를 좋아하면 아이와 할머니 둘 모두에게 다 좋은 일이라며 쉽게 마음을 고쳐먹곤 했다. 물론 그 섭섭함을 잊기 위해 더 열심히 일로 돌아갔다.

그러나 그 나이의 아이에게는 담당자가 누가 되었건 일관성 있는 양육이 절대적으로 필요한데, 내 아이는 한 사람이 아닌 여러 사람의 양육법을 따르며, 여기서는 저런 식으로 저기서는 이런 식으로 영악하게 자기 살길을 만들었다. 아이를 탓할 수는 없는 노릇이었다. 나라는 사람이 주가 되어야 할 자리에 스스로 다른 사람을 앉혀놓은 꼴이었다. 그러면서도 아이에게 내 자리는 있어야 하니까 그 틈을 비집고 들어가려 했을 뿐이다. 눈에 띄는 큰 문제는 없었지만, 아이는 아이의 수준에서 혼란 속에 갈등하며 있었을 게 뻔하다. 아마도 내 마음속에는 '이러다 아이가 대충 크겠지' 하는 안일한 바람이 있었을 것이다. '나중에라도 보상할 방법이 있겠지'라는 막연한 생각과 함께 말이다.

그러나 그 문제가 결코 얼렁뚱땅 지나갈 일이 아님을 나는 나중에야 알게 되었다.

의사소통의 기술

　아이가 어느 정도 컸음에도 나는 아이와 관계를 제대로 할 수 없다는 생각 때문에 속상했다. '관계'란 것이 무엇인가. 나는 나고 너는 너로서, 서로 필요한 것들을 의사소통하고 서로에 대한 감정을 전달하면서 둘 사이에 무언가를 교류시키며 각자 성장할 수 있게 된다는 것이 아닌가. 그런데 어린아이와 관계를 하기 위해서는 둘 간에 새로운 종류의 교량을 놓아야 했다. 아이와 씨름을 할 때는 머리가 큰 이후로 사람들과 관계를 하는 데 사용해온 내 방식이 먹히지 않았다. 아이와는 대화를 할 수가 없었다. 아이에게는 논리가 통하지 않았다. 아이가 원하는 게 뭔지 정확히 추측되지 않았다. 그럼에도 아이는 내게 의존했고, 달라고 요구했고, 감정을 퍼부었다. 나는 무엇으로 새로운 다리를 놓아야 할지 몰라 기초 공사에도 들어가지 못하고 있었다. 어떻게 하면 내 마음을 전할까, 어떻게 하면 내 사랑을 알게 하나, 어떻게 하면 이건 이렇고 저건 저렇다는 설명을 할 수 있을까, 어떻게 하면 상호작용에서 오류를 적게 만들 수 있을까? 일방통행 같은 그 관계에 나는 절망했다. 길은 막혔는데, 아이나 나나 돌아가는 다른 길을 알지 못했다.

아이도 이제는 좌절감이란 것을 알고 있었다. 자기를 인식함과 동시에 엄마인 내가 자기 맘대로만 되지 않는 타존재임을 분명히 인식하면서 절망이란 것을 표현하기 시작했다. 언어로 자기 의사를 '충분히' 표현할 수 있게 되기 전까지, 그것은 이른바 '떼쓰기'로 표현되었다. 그냥 징징거리듯 떼를 쓰는 게 아니었다. 그것은 발작이나 공격에 가까운 떼쓰기였다.

만 한 살에서 두 살 사이에, 아이는 뻣뻣이 굳은 몸으로 뒤로 넘어지듯 쓰러져 한 시간이고 두 시간이고 울 때가 있었다. 일단 그렇게 울음이 시작되면 중간에 어떤 식으로 달래도 소용이 없었고, 멈출 방법도 없었다. 영어로는 'temper tantrum'이라고 부르는데, 우리 말로는 '감정 격분'이라 하기도 하고 '감정 발작'이라고 부르기도 한다.

마음대로 하고 싶은 것이 생기고 자기 욕구도 분명히 의식하고 있는데, '된다', '안 된다'를 가르치기 시작한 부모가 해주는 것과 안 해주는 것이 생기자 절망하게 된 것이다. 생각만 있지 신체는 아직 그에 따라주지 못하고, 사회적으로도 문제를 해결할 수 있는 기술이 없으니 아이는 주변 사람뿐 아니라 맘대로 안 되는 물건 혹은 무능력한 자신에 대해 절망을 느끼는 것 같았다. 감정은 솟아오르는데, 현실에서 타협점이나 대안을 찾을 수 없다! 자기 의사를 언어적으로 표현할 능력도 없으니 상대에게 그 절망을 알릴 길도 없다!

다른 사람에게 내가 무엇을 필요로 하는지 알릴 수 없다고 상상해보라. 아무리 열심히 설명하려 해도 딴청을 피우거나 오해를 하는 사람이 있다고 말이다. 엄청나게 화가 날 것이다. 그것이 꼭 전달되어야 하는 중요한 얘기라면 더욱더 절망스러울 것이다. 새 컴퓨터를 작동시키려고 하는데 어떻게 작동시키는지 몰라 이리저리 열심히 뜯어보고 만져보지만 부팅도 시킬 수 없을 때의 기분이 어떤가? 욕을 하거나, 매뉴얼을 던져버리거나, 씩씩거리며 밖으로 나가면서 문을 꽝 닫거나 할 것이다. 어른은 감정 격분을 이런 식으로 표출한다. 그렇다면 아이들의 경우는 어떨까? 좌절감을 발산시켜주는 유일한 도구가 그렇듯 격렬한 울음뿐이라면, 아이는 당연히 그렇게 울 수밖에 없다.

　말을 이해하고 사물에 이름을 붙여 단일어나 짧은 문장으로 무언가를 요구할 수 있게 되었을 때, 아이는 전보다 더 많이 분노하고 더 심하게 좌절했다. 아이스크림을 달라고 할 때도 무엇을 달라고 하는 건지 도저히 추측이 안 되는 이상한 단어로 요구를 해서, 아이가 같은 말을 몇 번이나 반복해도 "이거? 저거? 아님 이거? 저거?" 하고 나는 계속 발만 동동거렸다. 좀더 컸다면 다른 단어들을 동원해 그게 무엇인지 알게 하거나, 그것도 아니면 만국 공통어인 바디 랭귀지로라도 핥아먹는 시늉을 했을 텐데, 그때 아이는 어느 쪽도 불가능했다. 뭔가 수가 틀린 건 분명한데 묻는다고 아이가 정확히 대답을 할 수 있는 것도 아니고, 그렇다고 아이가 차분히 앉아 자기 감정을 처리할 수 있게 내가 가르칠 수도 없는 때였다.

　아이의 감정 격분에 전제 상황이 되는 것을 엄마인 내가 미리 알 수 있다면 얼마나 좋을까. 그러나 아이가 갑작스럽게 마구 울 때는 왜, 무엇 때문에 그런지를 정확히 파악할 수가 없었다. 만화영화를 틀어달라고 할 때도 아이는 「로빈훗」을 '염포'라고 했다. 영어로 된 비디오였는데 거기 나오는 노래 중에 언뜻 들기에 '염포'라고 말하는 것 같은 단어가 반복해서 나왔던가 보다. 물론 내 귀에는 지금도 그렇게 들리지 않는다. 하지만 아이에게는 그랬던 것 같다. 아이가 그 영화의 어느 대목 어느 곳을 인용하며 그걸 지칭하는지 내가 무슨 수로 알겠는가? 「피노키오」를 지금도 도저히 흉내낼 수 없는 이상한 이름으로 불렀고, 대일밴드를 달라고 할 때도 '약빨'이라고 했던 아이다. 약을 바르고 나면 대부분 대일밴드를 붙여주니 대일밴드가 '약발'인 줄 알았던 것이다. 그러니 내가 그 말을 이해하여 머릿속에 잘 기억해두기까지 얼마나 많은 부딪힘이 있었겠는가!

내가 상황 파악을 못하고 허둥댈 때 아이의 감정 발작이 시작되었다. 심하게 울 때는 숨을 내쉬게만 되므로 아이는 들이마시는 공기가 부족해서 파르르 떨기까지 했다. 등을 바닥에 대고 울면서 발버둥을 치느라고 몸이 위로 기어가서 넓디넓은 마루의 이쪽 끝에서 저쪽 끝까지 이동했다. 정신 없이 울면서 가다가 벽에 머리를 부딪히면 다시 몸이 회전하여 다른 방향으로 치달았다. 중간에 달려와 안아도 보고 물어도 보지만 속수무책이었다. 결국 아이를 있던 자리에 그대로 내려놓고 나 역시 절망하여 울고 마는 게 여러 번이었다. 아이의 감정 발작은 만 3세 가까이까지 계속되었다. 물론 자주 있었던 건 아니고, 언어가 향상되면서부터는 횟수와 강도가 줄었고, 양상도 달라졌으며, 지속 시간도 줄긴 했지만, 지금도 그때를 기억하면 끔찍할 정도로 무기력했던 공포감에 거의 몸이 굳는 느낌이다.

그때 나는 서둘러 자료를 찾아보면서 그것이 만 2~4세 사이에 흔히 일어나는 발달상의 양상임을 알게 되었다. 격분 행동은 극심한 불쾌감과 부담을 억제하지 못해 생기기도 하고, 좌절된 감정의 공백을 채우고 보상받을 목적으로 나타나기도 한다. 어떤 자료에서는 엄마가 너무 민감하게 반응하면 아이가 그런 상태를 오히려 이용하여 엄마를 조정하려고 들지도 모른다고 했다. 가장 좋은 방법은 무시하는 것이라는데, 맙소사, 처절하게 울면서 머리를 찧으며 바닥을 기는 내 새끼를 어떻게 무시한단 말인가!

그렇지만 사실 그렇게 할 수밖에 없었다. 다치지 않게 아이 주변에 있는 위험한 물건을 치우고, 모서리 같은 곳에 서둘러 쿠션을 대놓고 아이를 관찰할 수 있게 한쪽 구석에 가서 조용히 앉아 있거나 책을 읽는 게 내가 할 수 있는 전부였다. 혼자서는 기분 전환이 되지 않는 어린 나이였으므로, 아이는 울다가 진을 다 빼 실신하듯 잠들곤 했다. 자면서도 한참 동안 아이의 등이 들썩거렸다. 그러면 나는 아이를 찬 바닥에서 안아올려 이부자리에 눕혀주고, 끔찍한 악몽에서 벗어나려는 듯 머리를 가로저으며 잠든 아이를 내려다보았다. 물론 아이가 좀더 큰 이후에는 떼쓰는 녀석을 불러 말로 설명해주고 자기 감정을 좀더 명확하게 전달하도록 돕기도 했지만, 만 1~2세 때는 감히 생각도 못하는 일이었다. 아이 혼자 울다 빨리 지쳐 잠이 들기를 기도하는 게 고작이었다. 정말이지, 엄마로서는 못할 짓이었다.

그러나 절망하고 좌절한다는 것, 그리고 주체 못할 만큼 화가 난다든지 어떤 감정에 휩싸인다는 것은 아이가 독립적이 되어간다는 증거이며, 감정적으로도 살아 있다는 증거가 아닌가. 비록 다루는 데 애를 먹긴 했어도, 나는 그런 상태 자체를 큰 문제로 여기지 않았다.

아이의 격분은 차후의 교육을 통해 스스로 극복하고 성장해야 할 부분이지, '문제'는 아니다. 물론 엄마가 아이의 문제를 문제로 보지 않으려 하는 건 아닌가, 솔직하게 판단하는 것도 중요하다. 하지만 내 아이의 격분은 발달상의 과업(課業)이었지, 굳이 문제시해서 호들갑을 떨 필요는 없는 것이었다. 아이의 격렬한 절망은 잘만 지나가면 아이로 하여금 의사소통의 기술을 더 효과적으로 배우게 하는 동기가 될 수 있고, 다른 사람과 더 효과적으로 관계할 필요를 느끼게 해줄 수도 있는 것이다.

앞에서 사람은 누구나 고립된 섬과 같은 존재라고 했다. 두 사람은 필요와 욕구와 의도를 전하기 위해 둘 사이에 다리를 놓는다. 그런데 관계를 하는 데 절대적으로 중요한 의미를 갖는 것이 언어다. 아무리 민감하게 타인에 반응하는 사람이라 해도 상대가 말을 하지 않으면 그 사람의 의도를 정확하게 알 수 없다. 더군다나 그것이 감정의 문제일 때는, 그 사람이 자신의 감정을 정확히 파악하기 전까지 상대방이 할 수 있는 게 아무것도 없을 때가 있다.

사실 미국에서 공부할 때 나를 우울증에 빠뜨린 가장 직접적인 요인은 언어였다. 관계를 중시하는 나에게 새 언어는 견디기 힘든 한계만을 안겨주었다. 표현이 수월하지 않은, 여물지 않은 새 언어는 이전까지 내가 가지고 있던 자기 이미지를 전부 깨버리면서 '나'라는 사람의 정체성을 모호하게 했고, 거울 반응을 얻기 힘들게 했으며, 내 존재감을 확인하기 어렵게 만들었다. 미국에 도착한 지 6개월이 되었을 때 나는 영작문 시간에 이런 글을 썼다.

외국에 나와 산다는 것은 아주 겁나고 위협적인 일이 될 수 있다. 단순히 모든 것이 낯설기 때문은 아니다. 나라는 사람을 구성해온 내 모든 과거와 절연되어 있다는 이유 때문에 그렇다. 외국에서 살 때 사람이 자기를 어떻게 잊어버리며 혼란을 겪게 되는지, 그러다가 마침내 그 새로운 삶에서 새로운 자기를 어떻게 다시 만들어가는지를 이제부터 내 자신의 경험에 비추어 들려주고 싶다.

우선, 당신이 전혀 새로운 나라에 온 것이라면 당신은 모국에서 무언가에 염증을 느껴 도망쳐온 것일 수 있다. 도저히 융합할 방법이 없는 누군가를 피해온 것일 수도 있고, 오랫동안 승진에서 누락된 자기 자신에 화가 나 있는지도 모르며, 그것도 아니라면 최선을 다한 어떤 일에서 자꾸 실패를 겪어 절망했는지도 모른다. 당신은 완전히 새로, 다시 시작하고 싶었을 것이다. 망령처럼 당신을 따라다니며 당신은 실패자라고 소곤거리는, 순진무구한 당신의 마음을 독살하는 과거의 모든 것을 잊고자 노력하고 있는 건지도 모른다. 본거지를 떠나려고 그토록 격렬하게 그것들을 탄핵했기 때문에, 이제 와서 새로운 삶을 싫어한다고 한들, 그리로 다시 기어들어가 양립할 수 없는 그것들과 화해할 방법을 찾을 수는 없다. 그래서 당신의 연약한 어깨에는 새로운 무게가 지워진다. 당신은 이제 돌아갈 집이 없기 때문에 무슨 수를 써서라도 새롭게 시작된 이 삶에서 반드시 성공해야 한다고 강박적으로 생각할 것이다. 스스로 부여된, 자기 망각을 향한 첫 번째 발걸음이 이것이다.

과거로부터 점점 당신을 멀어지게 하는 또 다른 이유는 실제로 집과 떨어져 있는 물리적 거리다. 고국에 남겨져 있는 인간관계를 유지하려고 아무리 열심히 노력해도, 그 노력은 "몸이 멀어지면 마음도 멀어진다"는 진리로 끝날 것이다. 옛 사람들과 나눌 수 없는 새로운 경험들이 쌓여감에 따라 당신은 그들과 당신 사이에 놓인 끈이 느슨해짐을 본다. 너무나 견디기 힘들어 외로움에 친구들에게 전화를 걸어도 그들이 하는 말은 측정 불가능한 어떤 것이 되고, 당신 역시 그들에게 흡수될 수 없는 말들을 줄줄이 자아내게 된다.

그러나 가장 끔찍한 일은 당신이 누구였는지를 당신 자신이 잊게 된다는 사실이다. 당신의 세련되었던 언어는 갑자기 새 언어로 바뀌면서 아기들의 옹알이로 변하여 당신의 자기 이미지에 손상을 가한다. 당신의 위대했던 생각들은 머릿속에서 새로운 언어의 구조가 버벅거리면서 흐트러지고 분해될 때마다 함께 무너진다. 아무도 당신이 어떤 삶을 이끌어왔는지 모른다. 그들은 당신으로부터 무엇을 기대하면 좋을지 모른다. 당신 역시 다른 사람들을 오해하여 당황한 채 얼어붙어 있는 자신을 발견한다. 당신이 하는 사회적 행동들은 문화적 차이 때문에 잘못 인식되는 때가 많고, 당신은 당신을 이해시키려는 노력을 차라리 포기할 생각을 한다. 당신의 성격, 당신의 교육 수준, 문화적 배경까지, 당신의 자전적인 모든 세부사항을 설명하는 데는 시간이 너무 걸린다. 당신이 누구였는지를 당신에게 상기시켜줄 사람은 아무도 없다. 당신으로 있기 위해서는 어떻게 행동해야 하는지 참조할 어떤 것도 없다.

위와 같은 과정을 겪으면서 당신은 당신 자신을 다르게 생각하기 시작한다. 오랜 자기 이미지의 난파된 조각들의 흔적과 바보같이 말하고 기술 좋게 오류만 저지르는 새로운 자기 사이에서 혼란을 겪는다.

이런저런 경우에 자기가 어떻게 반응했는지를 잊어버린다. 자기가 삶에서 무엇을 가장 가치 있다고 여겨왔는지도 까먹는다. 새 자궁에서 미끄러져 나온 당신은 세상이 얼마나 차갑고 이상한지를 본다. 그것은 일종의 쇼크다. 모든 게 서투른 시행착오를 통해 새롭게 배워지길 기다리고 있을 뿐이다.

위에 말한 것들이 바로 외국 생활에서 당신이 겪어야 하는 어려움이다. 당신은 어쩌면 새 생활에서 완전히 해체되고 나서야 비로소 무엇이 당신을 구성해왔는지 볼 수 있게 될지도 모른다. 당신이 누구인지 확신하게 하는 것은, 알고 보면 당신의 과거, 지난 사람들과 관계를 해온 당신의 오랜 역사다.

그러나 발 딛고 섰던 기반을 완전히 박탈당한 지금, 새로운 생활에서 이제 새로운 과거를 다시 만들어가게 될 충분한 시간이 주어진 지금, 당신의 어려움들은 하나의 좋은 시작으로 변형되기 시작한다. 그리고 거기에 더 이상 두려움은 없다.

나는 이 글을 쓰고 나서 미술치료 대학원에 입학했는데, 듣고 이해하는 능력에 효과적으로 내 생각을 전달할 수 있는 작문 기술은 있었지만, 영어로 말하는 능력이 늘 부족했다. 단순히 자신감 없음의 문제가 아니었다. 듣고 말하고 쓰기를 담당하는 뇌의 영역이 서로 다른데, 나는 실제로 말하기에 있어 상대적으로 유창하지 않았다. 관계속에서 자기를 표현하는 가장 즉각적이고도 감정적인 수단이 말하기였기 때문에, 말을 못한다는 것은 내게 여러 가지로 박탈감을 안겨주었다. 매일매일의 일상에서, 사람들을 붙들고 내가 멋지게 글을 써서 나를 알릴 때까지 기다려달라고 청할 수도 없는 노릇이었다. 그때의 생활을 견딜 수 있었던 것은, 그나마 수많은 편지와 글을 쓰면서 간간이 새 친구들을 사귀고 학교에서 간접적으로 인정을 받았기 때문이었을 것이다.

그러면 듣기와 이해하기도 충분하지 않은데, 글쓰기는커녕 자기를 알릴 수 있는 가장 직접적인 방식인 말하기가 안 되는 어린아이에게는 그 상황이 얼마나 절망스럽겠는가! 아이가 울면서 뒤집어진다 해도 놀랍지 않다.

자폐나 발달 지체인 아동들이 감정 격분을 자주 보이는 것도 그 때문이다. 그들의 세계와 이쪽 세계의 사람들을 이어주는 매개가 부족하다. 그런 때 이쪽에서 무언가를 강요하고 저지만 한다고 생각해보라. 속수무책으로 절규하고 발광하는 것도 이해가 된다. 미술이나 그 외의 예술언어가 그들에게 자기 표현의 출구를, 그리고 제3자에게는 이해의 출구를 열어준다는 것은, 그래서 치료적이다.

그런데 사실 내 아이의 '표현할 길 없는' 좌절감처럼, 내게도 표현할 길 없는 무언가의 씨앗이 자라고 있었다. 내 결혼생활에서 말이다.

엄마의 문제

나름대로 노력을 기울였음에도 언제부터인가 나는 행복하지 않다는 느낌을 갖게 되었다. 아이를 키우는 것부터 시작해서 결혼생활의 많은 부분이 부담스러운 중에도 쳇바퀴 굴러가듯 매일매일이 그저 바쁘게만 돌아갔다. 어느 날 나는 모든 것을 재정리하면서 숨을 한 번 크게 고르고 싶었다.

'어디서부터 뭐가 어떻게 시작되어 이 상황을 달라지지 않게 만들고 있지? 나는 삶에 어떤 자세로 있는 거야? 무엇을 어디까지 원하지? 내 안의 어떤 속성이 나를 이 상태로 몰았을까? 여기서 못 빠져나오게 만드는 외부적인 요인들도 있나? 있다면 무엇일까?'

물론 아이라는 존재를 받아들이는 것부터가 내겐 쉽지 않았다. 아이와 씨름을 하면서 혼자 애를 쓴다는 생각에 갈팡질팡, 삭이지 못한 감정으로 두 발만 동동거린 때가 잦았다. 그런데 문제는 단순히 아이 키우기가 아닌 듯했다. 나와 결혼생활 간의 갈등이 문제인 것 같았다.

그렇지만 처음엔 무엇이 문제인지 몰랐다. 무엇을 갈망하고 있는지, 무엇이 불만인지도 정확히 몰랐다. 아이와 씨름을 하던 초기에 나는 뚜렷한 이유도 없이 남편에게 눈물 섞인 넋두리를 자주 늘어놓곤 했다.

"딱히 이렇게밖에는 묘사할 방법이 없어. 지금 난 불행하다는 느낌은 아니야. 하지만 행복하지는 않은 것 같아. '불행하다'와 '행복하지 않다'는 분명 다른 얘기인 것 같아. 나를 100으로 친다면 50, 40, 30으로 내가 줄어드는 것 같아. 나는 지금 30정도로만 나 자신을 느끼고 있어. 이 느낌이 무엇일까? 무엇이 줄어든 것일까?"

남편은 나를 행복하게 해주지 못하고 있다는 생각에 나름의 방식으로 더 노력하면서 내가 조금이라도 기분이 나아진 듯 보이면 "행복하냐?"고 물었다. 나는 그런 그에게 매정하게도 "만족한다"는 말로 답하곤 했다. 그것은 진심이었다. 행복하지는 않았다. 하지만 그의 노력에는 만족했다. 더 바랄 수는 없을 것 같았다. 하지만 나의 정신적 '수축'은 멈추지 않았다.

내게는 무엇이 되어야겠다는 야망은 없었으나 늘 온전한 '나'가 되고 싶다는 바람이 컸다. 내게는 무슨 일을 하든, 어떤 삶을 살든 몸과 가슴으로 느끼는 일치감 같은 것이 필요했다. 심리치료를 받은 경험에서 온, 그리고 미술치료를 공부하고 행하면서 다듬어진 그에 대한 분명한 기준이 있었다. 그런데 결혼을 하고 아이를 낳아 기르는 중에 내 몸과 가슴과 머리가 일치한다는 느낌이 점점 희미해졌다. 반드시 직업 전선에 뛰어드는 것이 그것을 보장하는 것은 아닐 터였다. 그럼에도 나다움을 가치와 의미로 승화시켜줄 활동을 하고 싶었다.

드디어 일을 하기 시작했다. 치료실을 내어 처음엔 상황을 보아 가며 살금살금 일을 했다. 그러다가 치료와 교육에서 맡은 역할과 책임이 본격적이 되려 할 때 나는 남편에게 물었다.

"일단 일을 시작하면, 내게도 당신의 상황에만 맞출 수 없는 일 속에서의 책임과 그동안 쌓아놓은 것들에 대한 욕심이 생길 수 있어. 그렇게 되면 타협이 필요한 순간이 올 거야. 그래도 OK하겠어?"

그때까지는 남편도 확고하게 삶의 방향이 서지 않았기에 기꺼이 아내의 자기 실현을 지지했다. 하지만 회사에서 지쳐 돌아오는 그를 아이와 함께 문 앞까지 달려가 반갑게 맞아주는 날들이 뜸해지면서, 나는 아내로서의 역할에도 점차 소홀해졌다. 그러나 내가 이유 없이 눈물을 짜는 날들이 줄어들었다는 사실만으로도 남편은 다행이라고 생각하는 것 같았다. 그는 언제나 "당신이 행복해야 우리도 행복한 거야"란 말을 잊지 않았다.

그런데 상황은 자꾸 한쪽으로만 치달았다. 출판된 책의 권수가 늘고, 여기저기서 인터뷰 요청이 들어오고, 내가 일하는 분야가 새로운 분야로 각광받기 시작하자, 정말로 나는 바쁜 사람이 되었다. 남편이 벌어들이는 수입에 내가 버는 돈이 합세를 하자 이제까지는 고맙기만 했던 남편의 협조가 당연한 것으로 여겨졌다. 남편의 자리가 조금씩 좁혀지고 나라는 사람의 자리가 점점 더 커졌다. 이제 우리는 사랑하는 커플이라기보다는 손발이 잘 맞는 훌륭한 팀의 멤버십에 만족하며 살아야 하는 부부가 되었다. 처음엔 둘 다 그것도 고마운 일이 아니겠는가 생각했다.

그런데 남편에게도 개인적으로 풀어야 하는 이슈들이 있었다. 활동적으로 보이기는 해도 지극히 내성적이었던 그는 친밀한 관계를 만드는 데 어려움을 느꼈다. 그 사람의 정체성을 확인, 유지시켜주는 것은 그가 하는 일과 아이를 안은 나뿐이었다. 엄마란 역할에 더해 또 한 사람의 존재가 내게 매달린 것처럼 느껴지자 아내란 역할이 부담스러워지기 시작했다. 남편은 자기가 하는 일에 대해서도 점점 회의적이 되었는데, 늘 자신이 충분히 인정받지 못하고 있다고 느꼈다.

근본적으로는 두 사람이 서로 성격이 달랐다. 자기 내면을 민감하게 관찰하며 다른 사람의 마음속도 더불어 바라보기를 원하는 나와 자기를 돌아보는 것에 익숙하지 않고 그것을 오히려 쓸모 없고 위험한 일이라고 여기는 남편이었다. "내가 느끼는 것은……"하며 접근하거나 "당신이 지금 생각하며 느끼고 있는 것을 좀 얘기해봐" 하고 다가가면, 남편은 언제나 회사일로 피곤하니 다음에 다시 이야기하자며 말을 막고 돌아섰다. 답답한 마음에 틈이 날 때마다 마음속에 떠오르는 것들을 앞뒤 정확하게 표현하면, 남편은 그런 나를 '심리학자'라고 부르면서 비아냥거리는 것으로 끝냈다. 남편은 감성의 언어로 타인을 깊이 만난 적이 없는 사람이었다. 내면의 자기를 인식하는 것이 두렵고 마음속 구석구석을 살피는 데 익숙하지 않았던 그에게 나란 아내는 충분히 위협적이었을 것이다. 그럴 때마다 남편은 뒤로 물러섰고, 대신 파티나 피크닉 혹은 사람들과 어울리는 바깥 활동을 함께 하는 것으로 둘 사이의 공유를 계속하자고 주장했다. 하지만 내게는 자기 안은 제쳐두고 밖으로만 움직이는 것은 바보 같고 가식적인 행동으로 느껴졌다. 우리는 계속해서 적절한 타협점을 찾지 못한 채 그렇게 오랫동안 겉돌았다.

어느 날 남편은 자기를 알아줄 새로운 일을 좇아 해외로 나가겠다고 했다. 나는 "다같이 잘되는 길에 당신이 잘되는 길이 포함되지 않는다면 당신부터 잘사는 길을 먼저 찾는 것이 우선이다. 그러고 나서 우리가 잘될 길이 어떻게 새롭게 다시 놓일 수 있을지를 보자. 만에 하나 그것이 이혼을 의미한다고 해도, 어쩔 수 없는 것이라면 그것 역시 불사하지 않겠다. 하지만 서로 신중하자. 우리에겐 소중한 아이가 있으니까"라고 말했다. 얼마 후 남편은 모든 것을 준비한 뒤 내가 따라간다면 모두가 함께 갈 것이고, 아니라 한다면 이혼을 하자고 했다. 나는 내 모든 일을 버리고 무턱대고 따라갈 수는 없다고 했다. 문제는 단순히 이 땅을 떠나고 안 떠나고의 문제가 아니라, 서로가 얼마나 자기답게 되는가의 문제였는데, 우리는 그 문제를 두고 서로 더 노력해볼 것이 있겠는가 처음부터 다시 아주 솔직하게 생각해보기로 했다. 우리의 노력이 상대방의 가장 근원적인 부분을 포기하게 하거나 고치기를 요구하는 것이 된다면, 그것은 서로에게 바람직하지 않은 것 같다고 의견을 모았다.

　사실 우리 관계의 열쇠는 내가 쥐고 있었다. 내가 그에 맞추기가 훨씬 쉬워 보였다. 그러나 그 결과가 내 자신을 잃는 것이라면 선택하고 싶지 않았다. 그 외의 노력은 할 만큼 해보았다는 게 곧이어 내린 우리의 결론이었다. 결국 싸움 한 번 안 해보고 우리는 헤어졌다. 아이는 공동으로 키우되, 어릴 때까지는 내가 데리고 있다가 청소년기 이후에는 아빠가 데리고 있기로 했다. 필요하면 다시 아이를 위해 최선이 되도록 생각을 더 구체적으로 모으자는 말이 오고 갔다. 아이가 만 3세가 조금 못 되었을 때의 일이다.

슬펐지만 감당하지 못할 만큼의 상실감은 아니었다. 하지만 아이에게 아빠와 엄마가 더 이상 한 집에 살지 않는다는 불행한 상황을 안겨준 것이 너무 미안했다. 그러나 어느 한 사람만이 아니고 두 사람 모두가 지금의 삶에 행복하지 않다면, 그리고 거기에 타협과 합일점이 없다면, 아이도 그 속에서 행복하지 않을 것이라는 게 나와 남편의 생각이었다. 아빠 엄마가 없어지는 게 아니라 단지 함께 살지 않는 것뿐이니 아이를 위해 그 깨진 부분만큼은 최대한 채워주자는 게 우리의 다짐이었다.

상황이 이렇게 되고 보니 드디어 나라는 사람의 100퍼센트가 요구되었다. 생명의 힘, 정서적 균형, 능력, 행동력 모두에서 온전한 100이 되어 움직여야 했다. 지난날을 30으로만 살고 있다고 눈물을 짜고 있던 내가 다시 100으로 채워질 수 있는 계기가 이런 것이라면, 이 역시 긍정적으로 수용하고 받아들여야겠다는 게 나의 생각이었다.

그러고 나니 이제는 내게도 일이란 것이 자기 실현의 문제가 아니라 먹고사는 문제가 되었다. 더 많은 일을 해야 생활을 유지할 수 있었다. 하지만 심리적으로 아직 안정이 되지 않은 아이에게 세심하게 손이 가지지 않았다. 그래서 일과 아이 사이에서, 나와 아이 사이에서, 그리고 현실과 소망 사이에서 동분서주 뛰어야 했다.

집에 집착하는 아이

아이는 아빠가 갑자기 일상에서 사라지고 엄마하고만 지내는 날들이 계속되는 것에 의문을 품을 만도 한데 아무런 질문도 없었고, 그렇다고 눈에 띄게 이상한 행동이나 태도도 보이지 않았다. 무조건 일단 적응부터 하는 것 같았다.

아이가 아직 어리다는 사실에 안도감이 들면서도, 한편으론 아무런 반응이 없는 아이가 걱정이 되었다. 표현은 안 하고 있지만, 상황을 자기 식으로 해석하여 혼자 힘겹게 소화해내려고 있는 건지도 모르니까 말이다.

아이들은 부모가 싸울 때, 혼자 방에 숨어 상황을 무서워하거나 슬퍼하면서 두 사람의 싸움에 대해 자기 식으로 추리를 하는 게 보통이다. 원만하지 못한 가정에서 자란 아이들이 나중에 커서 고백하는 것을 들어보면, "내가 동생을 잘못 봐서 그런 거야", "내가 이를 잘 안 닦아서 그런 거야", "내가 엄마한테 ○○을 사달라고 떼써서 그런 거야"라며 상황의 중심에 자기를 놓는 성향이 있다. 타인을 독립된 실체로 이해하면서 그들이 자기와 상관없이 관계하며 문제를 가질 수 있다는 점을 아직 큰 눈으로 바라볼 수 없기 때문이다.

아이들이 부모에게 화를 내거나 감정을 보이지 않을 때는 그 아이가 부모를 이해하고 있다든지 아니면 너무 어려서 문제를 문제로 느끼지 못해서일 거라고 안심하면 안 된다. 그럴 때는 아이들이 그것을 자기 문제로 끌어안고 죄책감과 좌절로 표현을 죽이고 있다고 생각하는 편이 맞다.

나는 이혼 후 바로 아이에게 상황을 설명해주었다. 결국엔 지나갈 큰 일이라든지, 생사가 달린 불안한 현실이라면 그로부터 아이를 보호해야 하는 것이 맞지만, 계속해서 아이에게 영향을 끼칠 일상의 진실은 피해가면 안 된다고 생각했다. 아이에게 어른들의 일인 이혼이라는 것을 알아듣게 설명할 방법은 없었지만, 최소한 이 변화가 아이 때문은 아니라는 것을 알게 하고 싶었다. 그래서 어느 날 아이를 조용히 앉혀놓고 이야기를 했다.

"엄마랑 아빠랑 이제 같이 안 살게 되었거든. 엄마랑 아빠랑 따로 사는 게 더 낫다고 생각하게 되었단다. 하지만 엄마도 아빠도 예나를 사랑하고, 그 점에선 아무것도 변하는 게 없어. 마음 같아서는 우리 모두 다같이 행복하게 살면 좋겠지만, 예나가 엄마랑 아빠랑 따로따로 보고 지내야 하는 것이 미안하구나. 예나가 잘못한 건 하나도 없어. 예나는 엄마의 최고의 딸이고, 아빠도 예나를 이 세상에서 가장 사랑한단다."

말없이 듣고 있던 아이는 건성으로 "응"하고 대답하고는 금세 장난감 있는 곳으로 가서 놀이에 몰두했다.

하지만 몇 주가 흐른 뒤 아이는 이상한 행동을 보이기 시작했다. 갑자기 어린이집에 가는 것을 싫어하면서 유별나게 집에 집착을 하기 시작한 것이다. 엄마에 집착을 한 것이 아니다. 새끼 고양이처럼 '집' 그 자체에 집착한 것이다. 마치 변하지 않는 건 자기가 속해 있는 그 건물의 그 공간이라는 듯이 말이다. 아이는 따라나서기 좋아하던 슈퍼에 가는 것도 싫어하고 할머니 댁에 가는 것도 거부한 채 꼼짝도 안 하고 집에서 TV를 보거나 장난감을 가지고 놀았다. 특히 자동차로 이동하는 것을 질색했다.

나로선 예상하지 못했던 반응이었지만, 우리 부부의 일이 아이에게 영향을 미치는 게 분명했다. 그러니 내가 그에 책임을 져야 했다. 어떤 이유 때문이든 집 밖을 나가지 않으려는 아이에게 다시 내가 적응할 필요가 있었다. 지금 현재 내게 가장 중요한 것이 무엇인지 물으니, 답을 얻는 데 시간이 걸리지 않았다. 초점이 하나로 잡혔다. 그건 아이였다. 나는 일을 거의 중단하고 아이를 어린이집에 보내는 것을 멈추었다. 대신 집에서 하루 종일 같이 있었다.

'절대로 일 욕심을 부리지 않겠다. 지금은 내 자신의 욕구를 모두 숨죽일 때다.'

아이와의 생활을 재정비하려고 잘 들여다보니, 아이와 내 삶에 변수로 작용하는 것들이 너무 많았다. 첫 번째는 친정의 영향이었다. 그동안 '어쩔 수 없다'는 핑계로 나는 친정에 수시로 아이를 맡겼다. 편리함은 있었지만 그것이 나중에 요구한 대가는 애초의 이득보다 훨씬 큰 것이었다. 말을 안 듣는 아이에 대한 속상함과 친정어머니에 대한 죄책감이 내가 지불해야 하는 대가였다. 그것은 다시 내 자신을 미워하고 자책하고 자신감을 잃게 하는 연쇄반응을 일으켰다. 아이는 할머니와 엄마의 서로 다른 양육 스타일 사이에서 단순히 혼란스러워 하는 게 아니라 영악해졌다. 아이에게는 일관된 양육이 필요했다. 자신을 보호하고 돌볼 사람은 한 사람이라는 인식이 필요했다. 아무리 아이가 할머니를 좋아한다 해도, 혹은 할머니가 아무리 아이를 보고 싶어해도 둘 간의 관계를 일단 끊어야만 했다. 편의를 위한다는 것은 이제 내 사전에서 없애야 했다. 또한 그것은 내 어머니에게도 당신 개인의 삶을 뒤늦게 돌려드리는 길이었다. 내 욕심을 포기하자 조금씩 일들이 단순하게 보였다.

친정의 도움을 완전히 잘라내려 하니 내가 일을 나가는 시간에 아이를 봐줄 사람이 급히 필요했다. 먹고살려면 최소한의 일을 해야 했다. 아이에게 가장 중요한 변화의 시점에 나만큼 사랑과 정성을 쏟아줄 사람이 있을까? 이 사람 저 사람을 들이며 수많은 시행착오를 거친 후, 간신히 아이를 위해 지속적으로 있어줄 사람을 구했다.

그 다음에 해야 할 일은 아이가 새로운 상황에서 되돌아가기를 거부한 어린이집을, 비록 오래 다녀 정이 들긴 했지만 나 역시 깨끗이 잊어버리는 것이었다. 단순한 보육을 넘어 새로운 또래 관계의 형성에 초점을 맞출 업그레이드된 유치원을 알아보는 일이 필요했다. 그래야 다시 아이가 집 밖 활동에 조금씩 관심을 보일 것이다. 6개월이 지나자 아이가 조금씩 다시 바깥 외출을 시도하는 듯해서 나는 아이와 함께 집 주변의 동네 구석구석을 돌아다니며 적당한 유치원을 물색했다. 실내 놀이터에 혹해서 아이가 고른 유치원에 처음엔 한 달

동안 한두 시간씩 놀러가는 식으로 다녔다. 하지만 내 아이는 자는 시간도 깨는 시간도 들쭉날쭉한데다가 유치원 버스를 타는 걸 싫어해서 유치원 스케줄에 철저하게 맞출 수가 없었다.

하는 수 없이 아침에는 아이의 속도에 맞춰 느긋하게 집을 나서서 산책하듯 놀면서 유치원까지 함께 걸어갔다 왔다. 가는 길에 가위바위보도 하고, 달리기 시합도 하고, 힘들다고 하면 업어주면서 즐거운 마음으로 다닐 수 있도록 도왔다. 그런데 충분히 긴 적응 기간이 끝났는데도 아이는 유치원에 가는 것을 별로 좋아하지 않았다. 엄마랑 산보를 하는 것까지는 즐거워하는 것 같았는데, 교실로 들어갈 때가 되면 대부분의 경우 문 앞에서 안 들어가겠다고 울면서 떼를 썼다. 엄마와의 분리에 대한 불안 반응인지, 유치원의 문제인 건지 알 수가 없었다.

그러는 중에 아이의 행동에 부쩍 이상한 점이 보였다. 어느 순간 조용해서 이상하다 싶어 가보면 방 한구석 혹은 소파 뒤나 문 뒤에 숨어 자신의 몸을 비밀스럽게 탐색하는 것이었다. "뭐 하니?" 하고 조용히 물으면, 들키면 안 될 것을 들킨 양 어깨 아래로 내려뜨린 옷을 서둘러 입으며 아이는 아무것도 아니라고 얼버무렸다. 한창 자신의 신체에 관심을 보이며 남자-여자의 성(性) 구분에 집중하는 나이이긴 했어도, 노출이 심한 옷을 골라 입고 유치원을 가려고 하는 것이라든지, 갔다 와서는 어깨를 드러내고 자기 살을 몰래 쓰다듬거나 '찌찌'를 들여다보는 행동을 한 달 동안이나 계속하는 게 수상했다. 조심스럽게 아이와 대화를 나누며, 아이에게 누가 접근을 했거나 신체적 접촉을 하려 했는지 탐색했다. 별일은 없었던 것 같았다. 같이 공부하고 노는 또래 아이들의 성적 관심을 반영하는 것이거나, 유치원의 더 큰 오빠들의 말이나 행동 때문에 영향을 받은 것 같았다.

그렇지만 모든 것을 내 눈으로 직접 확인해보지 않고서는 안심이 안 되었다. 이런저런 핑계를 대가며 유치원을 방문한 나는 그곳의 운영 구조와 환경을 탐색했다. 며칠간 확인한 바에 의하면, 물리적 환경이 우선 적절하지 않았다. 그리 어둡진 않았지만 반층 지하에 자리 잡고 있던 유치원은 빛이 적게 들어 갑갑하고 눅눅했다. 건물의 공간 배치와 특이한 방의 형태 때문에 아이들이 어른의 눈 밖에서 방치되는 시간이 많았다. 아이의 이상한 행동이 또래 관계에서 영향받은 것이라면, 선생님의 시선에서 벗어난다는 것은 위험한 일이었다. 운영적인 면에서는 중간에 원장이 바뀌면서 전체 시스템이 약간 공중에 붕 떠 있는 상태였고, 담임 선생이 신참이라 아이들을 효율적으로 통제하지 못하는 듯했다. 한 반이 된 친구들을 살펴보니 문제가 있어 보이는 아이들이 여러 명 눈에 띄었는데, 정서적으로 불안하고 공격적이라서 또래에게 말이나 행동으로 불필요한 스트레스를 주는 친구들이었다. 어디를 가나 그런 친구들이야 있겠지만, 문제는 그런 아이들이 그냥 방치되고 있다는 거였다.

어느 날엔가 안 가겠다고 떼를 쓰다 울면서 들어간 아이 때문에 걱정이 되어 점심 시간에 상태가 어떤가 보려고 유치원에 갔다. 비교적 아이가 그날 하루는 적응을 잘 하는 듯 보여서 그냥 멀리서 아이를 지켜보며 기다리려고 했다. 그때 마침 특별활동이 시작되었다. 미술 시간이었다. 나이를 불문하고 모든 아이들이 한자리에 모여 배우는 시간이었다. 나는 선생님께 허락을 구하고 아이들을 따라갔다. 반별로 테이블에 앉아 담임 선생님이 지켜보는 속에 아이들은 미술선생님이 지시하는 대로 작업을 했다. 한쪽에 조용히 앉아 있다가 나는 엄마를 찾는 아이 곁으로 슬그머니 가서 구경을 했다. 그런데 그때 앞 테이블의 큰 아이들 반에서 한 아이가 다가와, 내가 뻔히 지켜보는 속에 아이의 머리를 주먹으로 쥐어박았다. 순간 너무 놀라 두 아이를 번갈아 보았다. 이유는 있을 것이기에 큰 아이에게 "왜 그러냐?"고 조용히 물었다. 그랬더니 그 아이는 내 아이가 그냥 얄밉다며 자기 자리에 가 앉았다.

때린 아이를 무턱대고 꾸짖을 수는 없었다. 대신 내 아이를 쳐다보았다. 아이의 두 눈에 수치심이 흐릿한 물기로 퍼졌다.

"언니가 예나를 때렸네. 언니가 자주 그러니?"

아이는 나를 빤히 쳐다보면서 입을 꼭 다물고 아무렇지도 않은 듯 마음을 가다듬으려고 애썼다. 내 눈을 피해 작업에 몰두하는 척 고개를 숙인 아이에게 "그럴 때는 왜 때리느냐고 대들어도 돼. 자꾸 그러면 선생님에게 도와달라고 해도 돼"라고 일러주었다. 하지만 아이는 더 이상 떠들지 말라는 듯 고개를 설레설레 저으면서 내 말을 무시했다.

이제 만 3세인 아이가 자기 감정을 숨기고 있었다. 맞서 싸우는 것도 아니고, 선생님에게 이르는 것도 아니고, 바로 옆에 있는 엄마에게 도움을 청하는 것도 아니었다. 그냥 상황을 받아들이며 자기 마음을 다스리고 있었다. 착하다고 쓰다듬어줄 수도 없는 노릇이었다. 가슴이 철렁 내려앉았다.

'아이가 환경에 이렇듯 수동적으로 적응을 하고 있다니!'

집에서는 만만한 엄마에게 고집도 피우고 떼를 쓰는데, 밖에서는 자기 주장을 전혀 못하고 있었다. 모니터링을 잘 하려고 두 눈, 두 귀를 다 열고 지켜보고 있어도, 집에서조차 아이가 자기 감정을 숨기고 있는지 누가 알겠는가.

아이 가까이에 앉아 있던 선생님은 그날 벌어진 일을 모르고 있었다. 그날은 아무 말없이 그냥 아이를 데리고 집으로 왔다. 하지만 머릿속에 판단이 섰다.

다시 일주일 동안 근처를 샅샅이 뒤지며 유치원 탐방에 급히 나섰다. 월급 원장을 들이지 않고 본인이 원장인 학원이나 유치원을 찾고 싶었다. 집에서 멀지 않은 곳에 건물을 아주 예쁘게 꾸민 미술학원이 하나 보였다. 문을 연 지 얼마 되지 않은 곳이었다. 건물의 주인 딸이 건물 전체를 미술학원으로 쓰고 있었는데 위층에는 원장이 부모와 함께 살고 있었고 원장의 아버지가 학원 차량으로 아이들을 운반해 주고 있었다. 미술대학을 나온 젊은 여성이 원장이었는데, 패기 있고 따뜻하며 열성적인 관리자로 보였다. 나는 내 상황을 말하고 아이에게서 걱정되는 부분을 의논한 뒤, 지난 유치원에서 불만이었던 점을 미리 토로했다. 담임 외의 다른 선생들도 아이에게 많은 영향을 끼칠 수 있는데 그곳의 선생님들은 비교적 흠잡을 데가 없었다. 무엇보다도 같이 있을 아이들이 밝고 예쁜 아이들이었다. 그래서 과감하게 유치원을 옮겼다.

아이가 오전 시간을 보낼 곳을 다시 마련해놓고, 저녁에 치료를 하러 집을 비우는 동안 아이를 봐줄 사람도 찾아 서로 익숙해졌으니, 이제 할 일은 친정에 내가 겪고 있는 어려움을 잘 설명하고 아이를 위해 그리고 나 자신을 위해 친정식구들에게 사랑의 간섭을 하지 말라고 부탁하는 일만이 남았다. 손녀를 친정부모의 삶에 있어 중요하게 여기지 않으시기를 바랐다. 그래서 친정어머니를, 평생 해보고 싶었지만 용기를 내지 못하고 미루고만 계셨던 소설 창작반에 등록시켜드렸다. 읽으실 만한 책들을 꾸준히 제공하고, 심리묘사에 관한 얘기들도 나누고, 원고 교정도 봐드리며 아이를 친정에 조금씩 뜸하게 보냈다. 몇 달 후 친정어머니도 당신이 바빠서 자연스럽게 아이를 찾지 않게 되셨다.

그 외에도 여기저기서 입김을 불어넣으며 아이와 나 사이에 끼어드는 사람들을 처리해야 했다. 그중 나와는 아주 다른 스타일의 엄마라서 내게 상당한 스트레스를 주었던 올케의 방문을 철저하게 막았다. 한 번은 올케와 대판 부딪힌 적이 있다. 그 집에 놀러갔다가 돌아오지 않는 아이를 찾으러 갔는데, 안 가겠다는 아이에게 야단을 치는 나를 보고 올케가, "네 엄마가 저러니 네가 그러는구나. 외숙모 집에서 잘까?" 하며 아이를 데리고 있으려고 했다. 나는 두 눈을 똑바로 뜨고 분명하게 맞섰다.

"언니! 언니와 나는 전혀 다른 양육법으로 아이를 길러요. 내 아이에게 엄마는 나고, 틀렸든 맞았든 아이는 나를 엄마로 알고 자라고 있어요. 나는 최선을 다하고 있고, 아이도 그걸 알고 있다고 믿어요. 주변에서 이런 식으로 아이를 혼동시키지 말았으면 해요."

당황한 올케를 뒤로 하고 나는 아이를 데리고 집으로 왔다. 이후 어느 누구도 나와 내 아이의 생활에 개입하지 않았다.

1년 만에 아이는 다시 안착되었다. 내 삶과 일과 주변 상황은 계속해서 불안정하게 펼쳐졌지만, 아이만큼은 그 속에서 기본 줄기를 잡고 안정되게 자랐다. 유치원도 일주일에 3~4번 가는 것에서 5번 가는 것으로 늘렸고, 아침 등교 시간도 일정하게 유지가 되었다. 문제가 되는 나쁜 습관들은 하나씩 노력하며 고쳐 갔다. 윽박지르는 대신 온갖 아이디어를 짜내 이벤트를 해가면서 아이를 감화시키고 교화시켰다. 무엇보다도 아이를 다룰 때는 기다림과 인내가 중요했다.

이 모든 과정에서 내가 거둔 가장 큰 수확이 무엇이냐고 묻는다면, 미처 몰랐던 일상의 부대낌 속에 삶의 의미와 재미가 있다는 것을 깨닫게 된 것이었다. 그때부터 아이는 내 눈에 못 견디게 밟혔다. 이제 나는 일을 끝내고 나면 아이가 보고 싶어 한달음에 집으로 달려오는 엄마가 되었다. 처음에 확신 없이 사람들에게 말했던 것처럼 아이가 마냥 예뻐서는 아니었다. 뱃속 깊은 곳에서 사랑이 끓는 기분을 느꼈다고 표현하는 것이 맞다. 아이와 부대끼며 고생을 더 많이 하고 나니, 내 아이가 더욱 귀해졌다.

아이의 언어 그리고 그림

　직업이 미술치료사다 보니 나는 아이의 그림을 주목해서 본다. 아이는 돌이 되기 전부터 낙서를 했다. 조그맣게 끄적거린 것에서부터 제대로 그린 것까지, 아이의 성장 과정을 보여주는 모든 흔적을 한데 모으니, 아이가 만 5세가 되었을 때는 두툼한 파일로 7권이나 되었다.

　아이는 그림을 곧잘 그리는 편이었다. 한 번에 여러 장씩 집중해서 그리는 열정은 예술가로 구성된 내 집안의 내력일 것이다. 아이의 그림에 얽힌 재미난 일화가 하나 있다. 한 번은 할머니가 그리다 만 캔버스 그림이 이젤 위에 세워져 있었는데, 아이는 옆에 있던 유화물감을 훔쳐 그 위에 쓱쓱 그림을 그렸다. 할머니가 전부터 하던 것을 어깨 너머로 봐서 유화기름도 사용했는데, 어차피 망친 그림 위에 그리는 것이라 할머니는 아이가 계속 하게 내버려두었다. 추상 쪽으로는 자신이 없던 할머니보다 자기 맘대로 머뭇거림 없이 표현한 아이의 그림이 미학적으로 더 뛰어났는지, 집에 돌아온 화가 할아버지가 아내의 그림인 줄 알고 그림 실력이 늘었다고 칭찬을 했다.

모든 아이들에게는 호기심과 애착의 대상이 따로 있다. 내 아이는 아주 어려서부터 줄기차게 강아지를 좋아했는데, 인형만 해도 수십 개고 그림에도 또 사달라고 할 정도였다. 아이는 흉내내기를 좋아해서 만화나 영화에 나오는 강아지를 관찰하면서 그것이 표현하는 희로애락과 상황에 자신을 투사하여 감정을 표현하는 것을 즐겼다. 한 예로, 끈을 가지고 와서 자기 목에 묶고 그 끈을 테이블 다리에 묶어달라고 부탁한다. 그러고는 낑낑대면서 나보고 시끄럽다고 혼내달라고 한다. 온갖 불쌍한 얼굴로 괴로워하기도 하고, 자기 다리를 핥기도 하고, 문을 긁기도 한다. 가끔은 돌아다니면서 벽에다 오줌 싸는

■ ◉ ◉ □ □ 11개월 때 그린 아이의 낙서

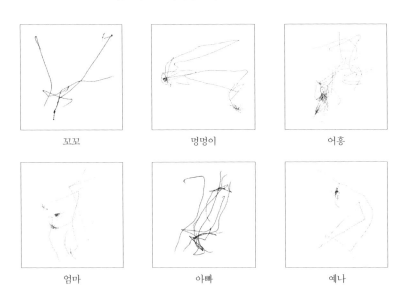

꼬꼬   멍멍이   어흥

엄마   아빠   예나

◎ ◎ ◻ ◻　　만 1살 반 때 그린 아이의 낙서. 그 속에서 조그만 형상들에 스스로 의미를 부여했다.

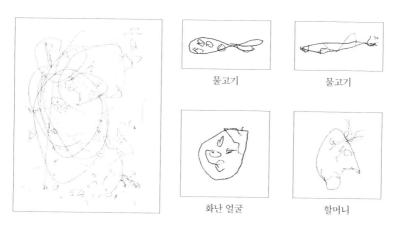

물고기　　　　　물고기

화난 얼굴　　　　할머니

◻ ◎ ◻ ◻　　역시 만 1세 때다.

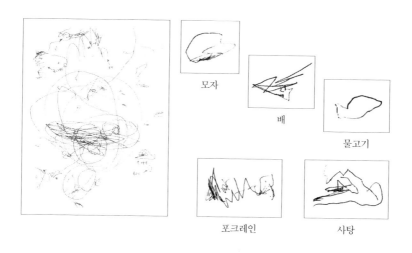

모자

배

물고기

포크레인　　　　사탕

시늉을 하기도 한다. 밥을 안 먹는 아이에게 뭐라도 먹이려고 할 때 이 놀이가 도움이 되었는데, 손바닥에 김으로 만 밥을 올려놓고 '쯔쯔' 부르면 꼬리를 흔들며 달려와 내 손에 코를 박고 밥을 먹곤 했다. "에구, 우리 예쁜 강아지" 하면서 목을 긁어주면 또 밥을 달라고 멍멍거렸다. 바지 엉덩이에 머리핀으로 짧은 끈을 고정시킨 꼬리를 열심히 흔들면서 말이다.

당연히 아이가 가장 많이 그린 그림은 강아지다. 그림을 소재별로 연결해보면 개월 수에 따른 발달이 보이는데, 아이의 시각과 표현 능력이 어떻게 변모되어 가는지를 보면 경이롭다.

아이는 강아지를 처음에는 얼굴 윤곽이 없는 상태로 큰 눈과 늘어진 두 귀로만 표현했다. 멍멍 짖는 큰 입 가운데서 직선 하나가 밖으로 그어져 있는데, 그게 꼬리다. 몸통은 없다. 입에서 곧장 다리가 나온다. [그림1] 그 다음에는 얼굴과 두 다리와 꼬리가 강조된 강아지 형태가 분명하게 등장했다. [그림2] 얼마 후 몸통이 생기면서 형태가 제대로 잡히자 강아지가 옆으로 서 있는 측면 그림이 되었다. [그림3] 어느 날엔가는 처음으로 수채화 물감과 붓을 갖고 낙서하며 놀다가 아이가 "엄마, 엄마, 이리 와서 이것 좀 봐!" 속삭이듯 불러 가보니 훌륭한 강아지 그림이 그려져 있었다. 아이는 이제 개념적으로 다리 네 개를 그릴 줄 알았다. [그림4] 어떤 날은 얼굴 표정이 재미난 강아지를 그렸는데 '선물'로 받았다는 표시로 강아지가 머리에 꽃을 달고 있었다. 결국 이 그림 덕분에 아이는 늘 갈망하던 강아지 한 마리를 선물로 받았다. [그림5]

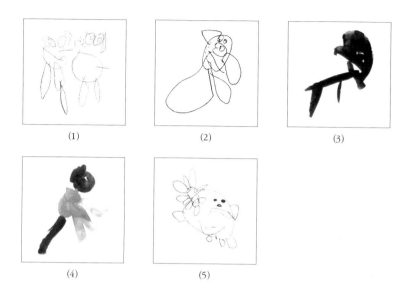

(1) (2) (3)

(4) (5)

[1] 왼쪽 멍멍이는 '해피 엄마 멍멍이', 오른쪽 멍멍이는 '해피 예나 멍멍이'. 얼굴에 귀, 눈, 입
은 있으나 몸통은 없고, 곧장 얼굴에서 다리가 이어진다. 얼굴 한가운데서 왼쪽으로 그어진
선이 꼬리다. 왼쪽 멍멍이의 오른쪽 다리에 이어진 막대 같은 형태는 꼬리가 아니고, 다리
가 너무 짧아서 이어 그린 것이다.

[2] 오른쪽 아래의 커다란 타원과 그 옆의 것 하나가 다리이고, 얼굴 위 아래로 달린 게 강아지
귀다. 얼굴에서 돼지 코처럼 그려진 것은 아이에게 인상 깊었던 강아지 코다. 이번엔 꼬리
가 없다. 입이라고 옆으로 근 선을 꼬리라고 착각해서 다시 그리는 것을 잊은 것 같다.

[3] 처음으로 물감을 사용했을 때도 아이는 제일 먼저 강아지를 그렸다. 측면을 그린 것이다.

[4] 자기가 그린 뒤 스스로 결과물에 깜짝 놀란 그림.

[5] 강아지가 갖고 싶어 아이는 꽃 포장된 강아지를 그렸다. 강아지 귀가 꼭 사람 귀처럼 그려져
있다.

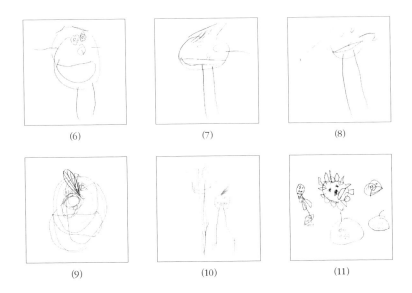

(6)　　　　　　(7)　　　　　　(8)

(9)　　　　　　(10)　　　　　　(11)

〔6〕 '뚱뚱한' 아빠라고 한다.

〔7〕 앞 머리카락을 조금 세운 외할머니의 인상을 담았다.

〔8〕 머리를 면도해서 '빡빡'인, 코가 큰 외할아버지를 그렸다.

〔9〕 엄마만 복잡하게 그려져 있다.

〔10〕 엄마와 아이다. 아직은 몸통 개념이 없다. 귀도 없고, 귀가 있어야 할 자리에 팔을 그렸다.
　　손과 발은 아직 그리지 못할 때다. 엄마가 크고 강한 인상으로 곧추서 있다.

〔11〕 아이, 엄마, 아빠를 그렸다. 풍선말에는 각 사람의 호칭과 이름을 적어달라고 했다. 엄마는
　　해의 모양으로 크고 중요한 사람인 양 한가운데 그려져 있다.

　　강아지와 함께 아이가 자주 그린 것은 가족이다. 아빠, 할머니, 할
아버지는 어느 정도 특징에 가깝게 그렸는데, 이상하게도 아이는 엄
마인 나는 복잡하게 그렸다. 뭔가를 더 묘사하려고 애쓴 모양인데 이

후에도 나는 늘 좀 다르게 그려졌다. [그림9, 10] 나에 대해 얽힌 감정이 많아 그런 것일 수도 있고, 엄마를 항상 가까이서 보니까 묘사할 게 더 많아 그런 것일 수도 있다. 얼마 뒤 아이는 자기를 먼저 조그맣게 그리고 엄마, 아빠를 그렸는데, 아빠에 비해 엄마가 크고 해의 모양처럼 중요한 인물인 양 강조되어 있다. 아이는 말 풍선도 흉내냈는데, 그 속에 '아기', '엄마', '아빠'라는 호칭과 각 사람의 이름을 써달라고 했다. [그림11]

엄마 아빠가 헤어진 후 둘 사이에서 왕래하며 힘들고 불안할 때 아이가 그린 그림들은 분위기가 이상했다. 정성스럽게 그린 건 없고, 선과 색칠이 모두 날림이었다. 그린 것이 무엇인지 아이는 말하지 않거나 못했다. 몸통도, 팔 다리도 없는 채, 단단하게 바닥에 고정된 듯한 사람 모양이 자주 보였는데, 아이가 집에만 집착했던 시기에 그려진 것들이다. 머리카락만 바람에 휘날리고 있는 형태라든지, 휘청거리는 사람들이었다. [그림12, 13] 엄마가 아기를 포대기로 등에 업고 있는 것 같은 그림에서는 신경질적으로 뻗친 아기의 머리카락이 눈에 띈다. [그림14] 이때 그려진 것들은 온통 산만하고 어수선한 형상들 뿐이었다.

어느 날 아이는 "다람쥐가 피가 났다"면서 조그만 동물의 가슴에 상처를 그렸는데, 다람쥐는 아이가 동일시를 많이 하는 동물 중 하나였다. 아이는 왜 피가 났냐는 내 물음에 "나무에 긁혀서 피가 났다"고 대답했다. 아이는 아기다람쥐에게 대일밴드를 붙여주었다. 까만 상처에 붉게 덧그린 네모들이 그것이다. [그림 18]

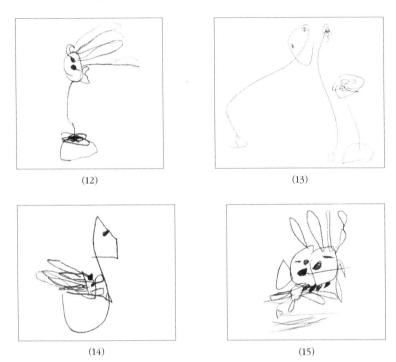

(12)　　　　　　　　　　　　　　(13)

(14)　　　　　　　　　　　　　　(15)

〔12〕무엇을 그린 것인지는 알 수 없다. 바람에 날리는 머리카락이 강조되어 있고 몸통은 선 하
　　나만으로 그려져 있다. 팔 다리도 없이 무언가로 땅에 고정되어 있는 모습이다. 한 번도 이
　　런 그림을 그리지 않았기 때문에 나는 아이의 그림을 보고 무척 놀랐다.

〔13〕무엇을 그린 것인지에 대해 이야기하려 하지 않았다. 내가 느끼기에는 엄마, 아빠, 자기를
　　그린 그림 같았다. 가는 몸의 사람이 엄마인지 아빠인지는 모르겠으나, 그중 한 명이 또 다
　　른 사람에게 몸을 구부려 책망하고 있는 듯이 보인다. 아이는 한동안 불안한 그림들을 여
　　러 장씩 아무 종이에나 펜 하나만으로 그렸다.

〔14〕등에 업힌 아기인지 캥거루 배에 담긴 새끼인지는 알 수 없다. 아이의 불안함이 보호를 받
　　고 싶은 마음으로 표현된 것 같다.

〔15〕토끼이거나 강아지 같은데, 얼굴 두 개가 포개진 것처럼 그려져 있다. 이런 식의 그림은 이
　　전에도 이후에도 한 번도 없었다.

◨ ◪ ◫ ◻ 　상처를 표현한 그림들

(16)

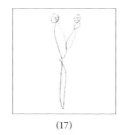
(17)

(18)

[16] 엄마 아빠가 이혼을 한 후 반년 뒤에 그린 그림이다. 다람쥐 두 마리의 가슴에 피가 난다고
　　했다. '가슴이 아프다'는 말을 아직 이해하지도, 표현할 줄도 몰랐던 때이지만, 자기 가슴
　　이 실제로 답답하고 쓰린 것을 그런 식으로 사실적으로 표현한 것이 아닐까 싶다. 가족의
　　분리에 대해 아이가 느끼고 있던 마음인 것 같다.
[17] 아기 다람쥐를 안고 있는 엄마 다람쥐라고 했다. 이혼 후 아이를 확실하게 붙들어 안은 나
　　를 아이도 느끼고 있는 것 같았다.
[18] 아기 다람쥐 가슴에 피가 났다고 했다. 왜 그러냐고 물으니, "나무에 긁혀서 피가 난 것"이
　　라고 얼버무렸다. 피는 다른 그림과 달리 붉은 색연필로 칠했다. 내가 슬픈 얼굴로 아프겠
　　다고 말하니까, 아이는 얼른 대일밴드를 붙여줘야겠다고 했다. 그러면서 상처 위에 네모들
　　을 그렸다.

　　외출을 했다가 지하보도에 있는 목발 짚은 거지 아저씨를 보게 된
날 아이는 충격이 컸던 모양이다. 집에 돌아와서 그림을 그렸는데 이
상한 아저씨에 대한 호기심보다는 강한 연민을 표현했다. 적선이 무
엇인지도 모르면서 그림 속 거지 아저씨에게 꽃 스티커를 선물한 아
이는 '불쌍하다'는 감정을 이제 제대로 이해하는 것 같았다. [그림 19] 아
이는 이맘때 뿔이 달리고 이빨이 빨갛게 무서운 도깨비도 자주 그렸
다. [그림 21]

(19)   (20)   (21)

[19] 엄마와 지하보도를 지나가다 본 다리가 아픈 거지 아저씨. 자기가 자주 넘어져 상처를 입
　　는 것처럼 아저씨 무릎도 다쳐서 멍이 든 것이라고 생각했다. 아이는 아저씨에게 힘 내라
　　고 꽃 스티커를 붙여주었다.
[20] 거지 아저씨에게 '나무 다리'가 필요하다면서 목발을 그려주었는데, 실제로 목발이란 것
　　을 처음 본 아이는 그것이 인상적이었는지 목발을 아주 크게 그렸다. 물방울처럼 거지 아
　　저씨를 감싸고 있는 것과 좌측 옆 막대기가 목발이다. 목발이 더 크다.
[21] 뿔 달린 무서운 괴물이다. 얼굴에 주름살도 있다.

　　가족 그림은 다시 차츰 변해갔는데, 아이를 봐주는 사람이 아빠를
대신해 가족 그림에 등장하는 것이 특징적이었다. 색종이를 배치하
여 좌측 상단부터 시계 방향으로 할아버지, 할머니, 아이를 봐주는
사람, 그리고 엄마를 그렸다. 그중 아이와 놀아주는 사람이 '제일 해
피하게' 웃고 있는 얼굴이다. 엄마는 겹쳐진 색종이들에 가려 화면에
서 뒤로 많이 물러난 듯 보이는데, 얼굴도 별 특색이 없다. 내가 다시
일을 재개했을 때 그려진 것이다. [그림 22]

　　조금씩 자리를 잡아가며 심리적으로 안정을 되찾은 아이의 그림은

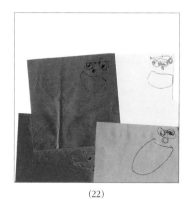

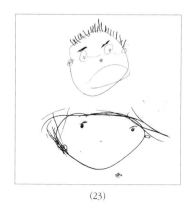

(22)　　　　　　　　　　　　　　　　(23)

[22] 왼쪽 위에서부터 시계 방향으로 할아버지, 할머니, 아이 봐주는 사람, 엄마를 그렸다. 엄마
는 종이들에 가려 작아졌고, 얼굴과 표정은 전과 다르게 평범하게 그려졌다. 아이 봐주는
사람인 녹색 얼굴의 입이 가장 크게 웃고 있다.

[23] 위에는 머리가 짧아서 비쭉비쭉 선 아빠 얼굴이다. 화가 난 얼굴이 아니라 '해피하게' 웃고
있는 얼굴이다. 아빠 코에 안경을 걸기 위해 아이는 귀도 잊지 않고 그렸다. 엄마도 이번엔
좀더 정성껏 그렸다. 보통 사람을 그릴 때는 귀를 자주 빼먹는데, 이번에는 엄마 귀도 예쁘
게 그렸다. 아이 자신은 엄마 아래에 아주 조그맣게 그려넣었다. 잘 보면 두 팔을 양 옆으
로 벌리고 귀엽게 서 있는 모습이다.

다시 정성스러워졌다. 아빠와 엄마는 든든한 어른으로, 크게 그리고
행복하게 묘사되었고, 아이는 그런 엄마와 아빠 곁에 작고 귀여운 모
습으로 그려졌다. [그림 23] 그림의 가운데 오른쪽에 있는, 열매처럼 보이
는 파란 것은 아이의 사인이다. 한글을 쓸 줄 몰라 글자를 '그리는'
아이들은 보통 'ㅇ'과 'ㅣ'을 반복해서 글씨를 흉내낸다.

　나는 어른들의 그림을 볼 때보다 아이들의 그림을 볼 때 더 신중하

려고 한다. 아이들은 자기 표현을 충분히 할 수 없기 때문에 그림을 '읽으려고' 하는 어른들의 지독한 오해를 사기 쉽다. 시간을 두고 아이들의 세계를 찬찬히 이해하지 않고 그림이라는 결과물만 놓고 이러쿵저러쿵 이야기를 하는 건 부질없는 일일 뿐 아니라, 가끔은 해가 되기도 한다.

어느 날 동네 가게에 갔을 때 일이다. 내가 미술치료사인 줄 아는 주인 아주머니가 평소의 수다와는 다른 진지한 얘기를 풀어냈다. 아이 그림으로 심리를 읽을 수 있다고 하는데 그런 책들을 좀 사봐야겠다면서, 자기 아이가 이상한 행동들을 보인다고 했다. 꼬마는 엄마의 일터에서 몸을 비비 꼬며 과자를 가지고 투정을 하고 있었다. 겉으로 볼 때는 청년 같은 느낌이 풍기는 의젓한 남자아이였다. 그러나 만 4세답지 않게 조숙한 생김새와는 달리, 볼 일을 보고 있는 내 뒤통수에 들려오는 아이의 목소리는 나이 그대로 코맹맹이 소리였다. 꼬마의 엄마가 이해할 수 없다고 한 문제는 대충 이런 것이었다.

아빠가 사업상의 문제로 몇 년째 집을 비우고 있는데, 꼬마는 자꾸만 사람들에게 어제 아빠랑 뭐 했다, 아빠가 뭐 사줬다 식으로 거짓말을 한다. 하물며 같이 있는 엄마에게까지 그런 말을 한다. 밤마다 잠을 안 자고 징징거리며 엄마가 해주는 것은 맛 없다고 안 먹고, 오랫동안 같이 살았던 이모가 가끔씩 와서 해주는 음식은 잘 먹는다. 알 수 없는 그림만 그리고, 늘 똑같은 것을 그리는 것 같아 물어보면 무슨 소리인지 모르는 말만 하고, 한 가지 색만 좋아해서 옷을 사든 뭐를 하든 그 색만 찾는다. 그래서 아주머니의 결론은 "내 아이지만 정말이지 나는 아이에 대해 모르겠다"는 것이었다.

이야기를 듣고 있는 동안 꼬마가 조용해서 돌아보니 소파에서 잠이 들어 있었다. 나는 보통의 아이들에게서 발견되는 비슷한 상황들을 예로 들어주며 꼬마의 행동이 문제 삼을 만한 일은 아니라고 엄마를 안심시켰다. 꼬마의 거짓말은 아버지라는 존재가 중요해지기 시작하는 4~5세의 나이에, 현실적으로 받아들이기 힘든 아버지의 빈 자리를 마음속에서나마 상상으로 메우려는 아이 나름의 노력일 수 있다. 내 아이도 비슷했다. 그런데 어른들이 자주 잊는 것은, 아이들도 어른처럼 스트레스를 다루거나 문제 해결의 능력이 있다는 사실이다. 꼬마의 거짓말은, 엄마가 볼 때는 걱정스러울 수 있어도, 스스로 결핍을 채우는 방법을 알아서 찾고 있는 것이라고 생각해볼 수 있다. 주인 아주머니는 지금 걱정을 한다기보다는 오히려 당황해서 겁을 먹고 있는 것 같았다. 나는 그녀에게 아들의 행동 자체를 문제로 보지 말고 아이를 마음 깊이 느끼려 애써보라고 말하고는 집으로 왔다.

"아는 것이 병이다"란 말이 있다. 정보가 넘치면서 무조건 아는 것이 힘이 되고 있는 지금, 세세한 모든 영역에 전문가들이 있어 무엇을 어떻게 보고, 어떻게 반응해야 할지를 가르친다. 아이들을 잘 기르는 법, 대인관계를 원만하게 하는 방법, 마음의 평화를 유지하는 길, 행복해지는 길잡이, 사랑을 얻는 방법, 부부관계 개선하기 등 서점에 가면 늘어나는 게 이런 종류의 '자기 구제'(self-help)용 책들이다. 이런 책들이 판을 치는 마당에, 최근의 앞서가는 정보들을 알지 못하면 실수를 하거나 잘못을 저지를 것 같은 느낌이 들어 괜히 마음이 조급해진다. 사람들은 그래서 우선 제대로 알고자 원한다. 모른다는 것은 이제 겁나는 일이 되어버렸기 때문이다.

그렇다면 지금과 같은 전문적인 조언들을 쉽게 접할 수 없었던 옛날에 우리 부모들은 어떻게 아이들을 키우고 사회생활을 하고 부부관계를 유지하며 평생을 살았을까? 모르는 게 약이라서 자신이 모른다는 것도 모른 상태로 당당하게 아이들을 키우고, 밖에 나가 일을 하고, 얼굴도 못 보고 결혼한 이와 희로애락을 함께했을까? 이제야 그들의 허점과 잘못이 백일하에 드러나, 그래서 그들의 아이들이 부모의 잘못된 양육을 비판할 수 있게 된 것일까? 그래서 일터에서는 여태 잘못 살았나 보다며 많은 사람들이 후회를 하는 것이고, 그래서 노부부들 사이에 황혼 이혼이 하나둘 심각하게 고려되고 있는 것인가?

　미술을 경험해본 적이 없다던 어느 성인 내담자가 내게 이런 말을 한 적이 있다.

　"말〔言〕이 디지털 언어라면 미술이나 예술은 아날로그 언어 같아요. 0, 1, 0, 1 같은 식으로 미리 정의된 두 범주에 모든 차원과 상태를 배속시키지 않고 끊임없이 변화하는 신호 그대로의 전달을 시도하는 언어 체계니까요."

　치료가 어느 정도 진행되었을 때 그 내담자는 계속해서 이런 비유도 들었다.

　"개미 같은 일부 곤충들은 몸에서 화학물질을 분비해서 그 물질을 전달받은 상대의 뇌로 그 의미를 그대로 전달한대요."

　내담자가 원했던 것은 그런 오차 없는 전달이었다.

　그런데 현대의 우리는 그런 본능적인 앎이 아니라 계산되고 논리정연하게 질서 잡힌 지식 속에서만 알고 깨닫는다. 하지만 사실, 알고 있는 것이 보이는 것들을 변화시킬 수 있다. 믿는 대로 보이고, 보고 싶은 대로 보인다는 말이 있지 않은가. 그것이야말로 우리의 감각 작용에 대한 진실이다. 그렇다면 도통 그 마음을 모르겠다고 하는 아들을 위해 아동미술심리 서적을 뒤져보고 싶었던 그 아주머니는 자신의 아이를 어떻게 보아야 한다는 말인가? 그리고 내 아이의 그림을 나는 어떻게 이해했는가?

본인이 아닌, 어떤 한 사람을 가장 잘 알 수 있는 사람은, 아니 그런 잠재력을 가장 많이 가지고 있는 사람은 그 사람과 늘 가까이 함께 있는 사람일 것이다. 그런데 가장 가까이 있는 사람임에도 제대로 볼 수 없고 제대로 알 수 없다면, 그것은 상대의 아날로그 수신을 방해하는 그 자신의 개인적인 잡음 때문이다. 그 잡음은 걱정이나 불안일 수 있고, 스트레스일 수 있고, 이미 꼬여 있는 감정일 수도 있고, 쓸데 없는 기대나 따지게 되는 이해(利害)일 수도 있다. 치료사도 자기 안에서 들려오는 잡음을 정확히 구분해 없애버리지 않으면 내담자로부터 잘못된 수신을 하기 쉽다.

엄마들 역시 본인의 잡음을 우선 줄이고 아이의 신호에 민감하게 귀 기울이려고 노력해야 한다. 물론 신호의 단편을 중간에서 받게 된 제3자는 오히려 가까이에 있는 사람처럼 그 아이에 얽힌 감정의 잡음이 없어 신호의 본질을 더 객관적으로 꿰뚫어볼 수 있을지도 모른다. 하지만 우리 인간의 언어 행태는 의미를 구성하는 정해진 규칙만 따르는 게 아니라, 발화(發話) 상황과 순간의 감정에 따르는 온갖 미묘한 뉘앙스를 취한다. 그것은 어쩌다 지나가는 행인이 해독해낼 수 있는 종류의 것이 아니다. 일반화된 사전이나 해독집으로 풀이될 수 있는 것도 아니다. 그 이상이다.

그래서 나는 내게 고민을 털어놓았던 그 아주머니에게 두려워하지 말고 아이를 자세히 찬찬히 바라보라고 권했던 것이다. 아이와 시간을 보내지 못하는 엄마의 죄책감이 두려움을 더 크게 한 것일 수도 있다. 아버지 없이 혼자서 아이를 먹여살리며 아침 일찍 나와 저녁 늦게 집에 들어가는 엄마는 아이에게 해준 게 없어 아이의 모든 행동들이 낯설고 불편한 것인지도 모른다. 아이가 무엇을 좋아하는지, 아이가 무엇을 어떻게 먹고 싶어하는지 전혀 모르고 있을 수도 있다.

엄마로서는 알 수 없는, 기이한 나라의 언어와 신호를 지금 내 아이가 전달하고 있다면 그것을 문제로 보기보다는 우선 아이의 언어를 먼저 배우려고 노력해야 한다. 제2외국어를 배우듯 A, B, C, D부터 차근차근 말이다. 그러다 보면 문화적으로 다른 단어의 용례들을 알게 되고, 숙어도 배우게 되고, 말의 뉘앙스에도 민감해지게 된다. 그러다가 어느 순간이 되면 곤충의 화학물질처럼 몸짓 발짓이 오고 가는 속에 직감이 발달하게 된다. 디지털화된 '정보'를 알려는 자세보다는 어쩌면 아날로그 그대로를 최대한 '느낄' 수 있는 엄마의 직감을 발달시키는 편이 나을지도 모른다.

아이들의 세계는 아이들의 눈과 언어로 바라보고 읽지 않으면 알 수 없는 수수께끼다. 외국어를 처음 배울 때처럼 설렘과 호기심으로 바라보아야 하는 세계다. 거기에는 숨겨진 의미들이 많다. 그것을 알아내는 자세는 어쩌면 '나는 아무것도 모른다'는 자세여야 할지도 모른다. 그렇다고 '나는 모르니까, 너는 떠들어라'의 자세는 아니다. '나는 모르니까 하나라도 더 들어야겠다'는 자세여야 할 것이다.

아동치료를 오랫동안 기피해온 나에게 내 아이가 가르쳐준 것이 바로 이것이었다. 아날로그건 디지털이건, 소통 가능한 어른들의 기본 규칙에서 벗어나 있는, 잊혀졌던 내 어린 시절의 무한한 세계를 알려준 것이 내 아이였다. 나는 오히려 아동에 대해서는 기본적으로 무지하여 더 많은 것을 볼 수 있었다. 내 아이 덕분에 아동치료에 새로운 자세로 임하게 된 나는 지금도 계속해서 많은 것을 배워가고 있다. 하지만 그러면서도 나는 어른들의 옛말에 여전히 귀 기울이고 있다. "아는 것이 병이다. 모르는 게 약이다." 어떤 자세냐에 따라서 그것은 틀린 말일 수도 있고, 맞는 말일 수도 있다.

엄마의 직감으로 아이에게 '분명히' 문제가 있다는 생각이 들면, 그때 전문가를 찾는 게 맞다. 하지만 문제가 자신의 직감이 발달되지 않은 데서 온 두려움이라면 일단은 자신의 직감부터 발달시켜야 한다. 제3자보다는 엄마가 더 잘 안다. 아니, 그래야 마땅하다. 그래서 나는 내 아이를 누구보다 잘 안다고 믿는다. 그리고 그런 내게 내 아이의 그림은 아이가 차마 말로 못하는 것들을 들려주었다.

두려움에 빠지는 순간들

　나에게는 남 몰래 가지고 있는 두려움이 하나 있다. 치료를 받고 치료 공부를 끝낸 뒤 온전한 인간으로 설 준비가 끝났다고 생각했지만, 나는 늘 내 아이를 보면서 내가 가진 한계를 다시 접해야 했고, 그럴 때마다 당황해서 어쩔 줄 몰랐다. 내 한계는 부모로서의 권위를 얼마만큼, 어떤 식으로 세워야 하는지 잘 파악하지 못하고 있다는 것이었다.

　사실 나는 '권위'란 말 자체를 오랫동안 이해하지 못했다. 그것이 심각하게 나를 혼동시킨 것은 시카고 아동/청소년 정신병원에서 인턴을 할 때였다. 실습 현장의 내 감독관은 아주 잘생기고 건강한 중년의 흑인 작업치료사였는데, 자식이 여럿인 대가족의 가장으로 권위가 온몸에 골고루 밴 안정적인 사람이었다. '치료'란 게 무엇인지에 대해 그와 논쟁을 벌일 때면, 그는 병들어 혼란스런 아이들에게 보호의 울타리를 분명히 쳐주는 것이 중요하다고 주장했다. 나는 그와 달리 치료는 구속이나 제한이 아니라, 허용이요 자유여야 한다고 반박했다. 감정 이입을 잘 해서 마음을 알아주고 이해하는 것, 그리고 아이들이 필요로 하는 세심한 반응을 해주는 것, 그러면서 아이들을 믿어주고 스스로에게 맡기는 것, 특히 청소년들에게는 그것이 필요하다고 나는 굳게 믿고 있었다. 그도 나와 같은 생각이었다. 하지만 그는 그것들이 가능하려면, 그리고 효과적이려면 제한된 안전한 공간을 심리적으로 제공해주는 게 필요하다고 강조했다.

보호의 좁은 울타리가 어떻게 안전하게 느껴지는 건지 나는 도무지 이해할 수 없었다. 일방적인 권력 행사에 항변하지 못하고 답답하게 적응만 하고 있는 건데 왜 그걸 모를까. 정신병원에서 활용하는 행동주의적 접근법에도 나는 찬성할 수가 없었다. 유치원 학생들처럼 잘하고 못할 때마다, 어른들이 만든 기준에 따라 스티커를 주거나 벌점을 주는 것이 우스웠다. 그래서 어떻게 아이들을 치료하겠다는 건가? 나는 권위가 개입되는 것은 치료가 아니라 '교육'이라고 그와 다퉜다.

그러나 사실 내 주장에 확신이 없었다. 빈곤한 흑인 지역에서 야심한 밤에 친구와 함께 거리를 어슬렁거리며 돌아다니다 맥주를 마시는 일이 다반사였던 12세 소녀는 자유를 주면 줄수록 더욱 혼란스러워했다. 부엌에서 부모를 위협하며 칼로 죽이겠다고, 아니면 자기가 죽겠다고 소리쳐서 병원으로 온, 야뇨증으로 고생하던 12세 소년은 아무도 보호해주지 않는 곳에서 두려움에 떠는 어린아이였다. 허용되는 틈새가 있을 때마다 결과적으로는 자기를 파괴하는 샛길로 빗나간 14세 소녀, 엄마의 애인으로부터 농락을 당했다면서 어른들에게 성적인 제스처를 보이며 관심을 끌려고 애썼던 15세 소년……. 나는 그들의 환경과 스토리에 압도되었다. 내가 믿고 있듯이, 이해해주고 위로해주는 게 정말 그들에게 필요한 전부인가? 그들을 무력하게 만드는 현실과 그들의 운명이 된 환경 속에서 그들이 스스로의 삶을 개척해나갈 수 있게 돕고 싶은데 어떻게 해야 하는 건지…….

나는 다양한 사례들을 접할 때마다 무기력해지는 것을 느꼈다. 내게는 길이 보이지 않았다. 그때 감독관이 사실은 내게도 제공한 것이 있다는 것을 알게 되었다. 그것은 바로 안전한 보호로서의 '권위'였다.

감독관을 처음 본 순간 나는 꿈에 그리던 내 아버지 상(像)이 어떤 모습이었는지를 깨달았다. 그에게는 사람을 제압하지 않고 오히려 편안하게 하는 권위가 있었다. 첫 면접 이후, 그는 휴가 때문에 몇 주 동안 자리를 비웠다. 나는 직속 상관 없이 일터의 새 식구가 되어 여러 사람들의 눈치를 보며 긴장의 나날을 보냈다. 다시 그를 사무실에서 만났을 때 나는, '아버지가 돌아왔다. 이젠 괜찮다'라며 안도의 한숨을 쉬었다. 환자들이 나를 이러저러하게 시험하고, 영악한 도전장을 던지고, 골탕을 먹이는 순간마다 '내 아버지'는 정확히 그곳에 등장하여 상황을 점검하고 사태를 수습한 뒤 내가 알아두었어야 했을 것을 정확히 전달하고 사라졌다. 미숙한 나를 놓고 잘잘못을 따지는 일이 없었다. 그저 나에게 다음을 위한 가르침만을 줄 뿐이었다. 병원의 다른 스태프와 미묘한 감정 싸움을 할 때도 아버지는 나를 보호하는 수호자의 역할을 했다. 나는 그가 제공하는 보이지 않는 권위의 울타리 속에서 구속이 아니라 보호를 받았다. 내가 그 선을 넘어가지 않도록, 누구도 그 선을 넘어오지 않게 울타리를 점검하는 게 그의 일이었다.

그 전까지의 나는, 언제 어디서 내가 감당하지 못할 일들이 터질지 몰라 불안과 긴장으로 늘 경직되어 있었다. 그래서 삶에서 더 많은 실수를 했고, 그에 대한 자책으로 자포자기적인 파괴 행동까지 했다.

내 삶의 양태에는 부모의 그림자가 드리워져 있었다. 내 아버지는, 아버지들이 대부분 다 그렇지만, 당신의 세계에 빠져 계시느라고 자식들 가까이 계신 적이 없는 분이었다. 내가 기억하는 아버지는 당신의 기분에 따라 갑자기 사랑을 퍼붓다가, 작은 실수에 돌변하여 불같이 화를 내던 모습뿐이다. 나의 어떤 점 때문에 아버지의 사랑을 받는 것인지 혹은 질책을 받는 것인지 알지 못하는 상태에서 그것들이 그냥 주어지니 그냥 받을 뿐이었다. 그래서 나는 아버지의 반응을 내 자신에 연결시켜 그것을 교육의 일환으로 흡수할 수 없었다. 아버지의 일관성 없는 태도와 예측 불가능한 반응은 나를 무척 혼란스럽게 했다. 그래서 사춘기 때부터는 내 자신을 알 수 없게 만드는 그 혼란으로부터 나를 보호하려고 아버지를 거부했다.

나는 혼자였고, 내 삶의 선택과 책임은 모두 내 자신에게만 있었다. 그러니 나는 매사에 더 잘해야 했다. 모든 것을 내 자신이 컨트롤을 하고 있는지 강박적으로 생각해야 했고, 위험이 될 주변 상황을 탐색하는 데 늘 안테나를 곤두세워야 했다. 그래서 나는 언제나 긴장해 있었고 지쳤다. 실수를 할 때마다, 그것이 아무리 하찮은 것이어도 "그럴 줄 알았다"는 말로 내 가슴을 오그라뜨렸던 아버지와 나는 늘 내 안에서 싸웠다. 행동 그 자체를 문제 삼는 게 아니라, 내가 그럴 것임을 예상하고 있었다는 듯이 나라는 사람 전체를 비판하셨던 아버지의 목소리와 말이다. '그 따위로 하다간 ~하게 될 것이다'란 미래까지 예언하고 계셨던 아버지하고 말이다. 부당한 비난임을 알고 있었지만 나는 그 고약한 주문으로부터 한 번도 제대로 풀려나본 적이 없다. 그럴 때 어머니라도 곁에서 따뜻이 감싸주셨으면 좋았을 것을, 어머니는 아버지의 기운으로부터 가족과 자기 자신을 보호하기 위해 전전긍긍하느라고 자식들 하나하나에 신경을 쓸 여유가 없으셨다. 어머니는 아버지 눈만 피하면, 내가 아버지에 정면으로 부딪는 것만 안 하면 무얼 하든 상관하지 않으셨다. 어머니는 그런 점에서 무기력하고 회피적이셨다. 나는 그런 어머니로부터 아무런 도움을 받지 못했다.

그러니 관계에서 힘을 가진 사람에 대해 내가 갖는 부정적인 생각과 아이들에게 자유를 준다고는 하지만 그게 방관인지 아닌지 확신하지 못했던 내 태도는 과거에서 비롯된 내 문제였다. 그런데 내 감독관이 내게 쳐준 울타리는 너무나 안전하고 따뜻했다. 비로소 처음으로 긴장을 풀고 나는 그 속에서 마음 편히 자유로울 수 있었다.

영어에는 '권위적'이란 뜻을 가진 단어가 두 개 있다. 'Authoritarian'이란 말과 'authoritative'란 말이 그것이다. 전자는 '독재적인 권위'를 뜻하고, 후자는 '신뢰할 만한 권위'라고 이해하면 될 것 같다. 나는 내 감독관을 통해 그 두 말이 의미하는 것에 차이가 있음을 알게 되었다. 개념이 무엇을 지칭하는 건지는 삶에서 체험된 내용이 있어야 제대로 이해되는 법이다. 그러니까 치료에 있어 기본적으로 중요한 것은 치료사의 authoritative한 태도였다. 내담자가 자신의 삶에서 '감히' 다른 것들을 탐색해보고 자기답게 되고자 하는 욕구를 '감히' 가지려면 안전하고도 자유로운 공간이 일단 치료사에 의해 제공되어야 하는 것이다.

그런데 감독관에 의해 그런 공간에 들어가 보니 나는 내 자신이 너무 나약하다는 생각을 하게 되었다. 정글에 혼자 나가서 발버둥치는 느낌으로만 살다가, 처음으로 보호되고 안전해지자 자꾸 퇴행을 하는 기분이 들었다. 그에게 완전히 의지하고 싶고, 의탁하고 싶고, 자꾸만 나를 봐달라고 요구하고 싶었다. 그런 내 자신이 부끄러웠다. 그런 내 모습이 어디까지 갈 수 있을지 두려웠다. 그래서 나는 실습을 그만두고 그로부터 도망쳤다. 그때가 바로 내게 필요했던 것들을 흡수할 수 있었던 좋은 기회였는데, 그러기에는 내가 너무 용기가 없었다.

물론 그때의 경험은 나를 내면 깊이 자극하여 본격적으로 치료를 받는 계기를 마련했다. 똑똑한 딸을 믿어 자유롭게 키우긴 하셨지만 보호도 모니터링도 제대로 하지 못하셨던 내 어머니와, 일관성 없이 당신 기분 내키는 대로 구속도 했다가 소리도 쳤다가 알 수 없는 화도 냈던 내 아버지에 대한 원망을 풀어내기 시작한 것이다. 그러면서 나는 내 자신이 어떻게 만들어졌는지를 철저하게 보았다. 하지만 감독관으로부터 맛보았던 그 치유적인 권위를 나는 내 치료사에게서는 느낄 수 없었다. 나를 위한 치료는 평소의 나 그대로 무서운 정글 속을 헤치고 다니는 내 치열한 정신의 산물일 뿐이었다. 그래서일까? 안정감 있는 권위로 누군가를 보호하고 키울 수 있는 어른의 모델을 아직 내 것으로 소화하지 못한 나는, 내 아이가 나라는 엄마 밑에서 나처럼 자랄까 봐 여전히 두려웠다.

아이는 만 4세가 되자, 싫은 것도 많고 거부하는 것도 많고 떼를 쓰는 것도 부쩍 더 늘었다. 실랑이를 벌이는 대부분은 밥 먹는 것, 씻는 것, 그리고 유치원에 가는 것 등 일상적인 것이었다. TV를 적게 보게 하는 문제와 유치원 숙제를 시키는 일도 쉽지 않았다.

일 하느라 정신이 없어서 나는 아이 준비물을 못 챙겨줄 때가 많았고, 유치원 행사마다 시간이 맞지 않아 할머니를 대신 보내기도 했다. 그런 내 자신에 죄책감을 가지고 있어서, 나는 아이가 조금만 아프면 내가 신경을 못 쓴 탓 같아 얼른 결석을 시키고 집에서 끼고 놀 때가 많았다. 그런 나를 간파했는지 아이는 종종 과장해서 아픈 척했다. 늦잠을 자거나 밥을 안 먹겠다고 떼를 써서 유치원에 늦게 가는 날도 허다했다. 아침마다 씨름을 하는 것이 지겨울 때면 어떤 날은 '네 맘대로 해라'며 허용을 했고, 또 어떤 날은 아이에게 신경질을 부리며 강압하기도 했다.

어느 날 유치원에 가는 문제로 아이와 씨름을 하다가 내가 또 졌다. "그럼 관둬. 그럼 집에서 쉬어"라고 홧김에 말을 내뱉은 나는 마음이 내내 불편했다. 아이를 지금 내 기분 내키는 대로 다루는 것은 아닐까? 아이에게 필요한 것은 질서이지, 내가 아이에게 휘둘려서는 안 된다. 아이에게 평소에 못해주는 부분을 그런 식으로 채워주면 안 된다. 이제 아이도 만 네 살인데, 혼이 나더라도 자기가 해야 하는 것이 무엇인지 정확히 알고 그에 따라야 한다. 중요한 것은 습관이며, 체계 잡힌 삶이다. 자유도 지나치면 방종이다.

또다시 혼란이 오자 나는 불쾌하고 부끄러웠다. 우는 아이를 유치원에 번쩍 안아 보내고 집에 돌아와 나는 나의 혼란과 싸웠다.

'내 아이는 나를 닮아 고집이 세. 나는 고집이 센 것을 꺾고 싶지는 않아. 그것이야말로 아이가 가진 고유한 생명력이기 때문이야. 나는 착한 아이보다는 자기 욕구가 있는 아이를 선호해. 말 잘 듣는 학생, 보통의 시민으로 아이가 자라는 건 보고 싶지 않아. 그렇다고 고집이 세다는 것이 「착하다」의 반대말이라고는 생각하지 않아. 고집 센 사람이 이 세상에 적응하지 못하고 문제를 일으키는 사람이 된다고도 생각하지 않아. 나는 아이가 자기 주관대로 자기가 원하는 바를 세상 속에서 창의적으로 이루며 살기를 바래.

내 아이는 기본적으로 마음이 여리고 깊어. 아이는 받아주는 사람에게만 대들고 떼를 써. 적어도 엄마만큼은 아이가 자기의 여러 모습을 탐색할 수 있는 그런 환경을 제공해줘야 한다고 믿어. 아이는 밖에 나가면 내가 깜짝 놀랄 만큼 착한 아이로 행동해. 유치원에서 보는 내 아이는 얌전하고 말 잘 듣고 성실한 아이였어. 굳이 집에서도 그런 모습을 기대할 필요는 없잖아. 안과 밖이 똑같은 아이는 오히려 자기 균형을 잡기 힘들어.

하지만 아이에게는 안정적인 질서가 필요해. 내가 일을 하느라고 아이를 제대로 돌보지 못해 죄책감에 마음이 약해질 때가 많다는 것을 인정해.

아이를 키우는 데 원칙이라는 게 내게 있나? 엄마 편하자고 아이의 고집을 꺾으려 하는 건지, 귀찮아도 인정해주는 게 아이를 위한 것인지를 늘 먼저 생각해야 한다고 나는 믿어. 싫은 거든 미운 거든 우는 거든, 아이가 감정 표현을 하는 것을 권장해야 해. 이해하는 게 우선이고, 받아들이고 못 받아들이고의 기준은 「어느 게 아이를 위한 것인가?」의 기준에서만 생각해야 해. 그렇다고 아이를 기회주의자 혹은 자기 중심적인 아이로 만들 생각은 없어. 내 아이는 충분히 융통성 있게 사는 사람, 그러면서 자기 욕구에 충실하고 싶은 동기로 움직일 수 있는 사람이 되었으면 해. 부모 때문에, 남 때문에, 혹은 상황 때문에 움직이는 사람은 싫어.'

그러나 생각은 이렇게 진행되었어도 내가 정말로 아이에게 안전한 질서를 제공하고 있는 건지는 아무래도 의심스러웠다.

문득 내 어린 시절이 떠올랐다. 초등학교 때부터 아프면 아프다고, 비가 오면 비가 온다고 학교를 결석했다. 가는 길에 무서운 개가 골목에 버티고 있으면 길을 돌고 돌아 학교에 말도 없이 늦곤 했다. 12년 동안 한 번도 개근상을 타본 적이 없었다. 공부도 잘했다가 그저 그렇게 했다가, 내 마음 내키는 대로 들쭉날쭉이었다. 그런 내가 책임이란 것을 배우고 굳건한 자기 원칙을 세워 현실 속에서 나를 지켜간 것은 수많은 대가를 치른 뒤, 이미 나이가 꽤 든 어른이 되었을 때부터다.

나는 부모로부터 질서 있는 '틀'을 배우지 못했다. 식구들은 모두 자기 나름의 시계를 가지고 움직이는 사람들이었다. 새벽까지 온 방 안에 불이 켜져 있어 동네사람들이 우리 집을 '도깨비 집'이라고 놀렸다. 초등학교 때부터 나는 기분 내키는 대로 책을 읽다가 혹은 놀다가 새벽 3~4시에 잠들곤 했다. 중학교 때는 불면증이 심해 아버지가 마시는 독한 술을 한 잔씩 몰래 따라 마시기도 했다. 물론 다음날은 늦잠을 잤고, 부스스한 몰골로 뛰면서 학교에 가곤 했다. 고등학교 때는 버스 정거장으로 열 정거장 되는 거리를 어머니가 매일 신기록을 세워가며 차로 바래다주시곤 했다. 교문 앞에서 거의 등교시간에 턱걸이를 하는 게 보통이었다.

우리는 식사도 제각기 했다. 어머니가 음식을 해서 냉장고에 넣어 두면 각자 알아서 배고플 때 꺼내 먹었다. 그래서 아직도 나는 누군가와 같이 밥을 먹는 게 익숙하지 않다. 내가 배고프면 먼저 먹는 거지, 어른이 숟가락 들기를 끝까지 기다린다거나, 배고픈데도 다른 사람이 올 때까지 참으면서 기다리지 않는다.

그런 나를 닮았는지 내 아이도 자기 멋대로였다. 밥이 당기면 먹고, 안 당기면 안 먹고, 그래서 아이가 노는 곳을 쫓아다니며 내가 먹여야 했다. 아이는 식탁에 둘러앉아 식구와 오순도순 밥을 먹는 것을 영영 익히지 못했다. 잠도 제멋대로였다. 늦게 오는 엄마를 기다릴 양이면 이런저런 핑계를 대면서 끝까지 기다렸고, 그러고도 엄마랑 놀고 싶으면 졸린 눈을 비비면서 11시 혹은 12시가 될 때까지 장난을 쳤다. 엉덩이를 살짝 때려서 울려야 억지로 울며 핑곗김에 잠이 들곤 했다. 다른 아이들과 비교했을 때 내 아이가 상대적으로 키가 작은 것이 도드라져 보이면, 건강한 틀을 제공하지 못한 엄마 탓이라는 생각에 부끄러웠다.

그러던 어느 날이었다. 비행청소년들의 보호감찰 프로그램에서 미술치료를 담당하게 되었다. 첫 그룹은 훌륭한 그룹이었는데, 두 번째 그룹은 아주 도전적이고 반항심이 가득한 집단이었다. 15~18세의 소년들이 계속 나를 시험에 들게 하면서 치료사가 허용할 수 있는 선을 넘으려고 했다. 나는 그들과 씨름을 하던 중에 갑자기 앞이 하얘지면서 몸과 의식이 점점 뒤로 밀려가는 것을 느꼈다. 그때부터 아무 생각이 나지 않았다. 치료를 완전히 망치고 집으로 돌아오는 차 안에서 나는 울어버렸다. 모든 베테랑 치료사들을 두 손 들게 한 그룹이었다지만, 그 사실은 내게 위안이 되지 않았다.

실습생을 교육할 때 아무 생각이 안 들면서 몸과 마음이 마비된 것 같은 신호가 오면 그것은 자기 문제가 건드려진 것이니 과거로부터 온 문제를 정확히 탐색하라고 가르친다. 그런 내가 권위와 보호의 울타리를 치는 데 자신이 없어 그 순간 얼어붙었다. 아이를 키울 때도 가끔 그렇게 머리가 하얗게 비면서 몸이 굳을 때가 있었는데, 그럴 때면 순간적으로 다음을 어떻게 해야 좋을지 몰라 멈추곤 했다.

권위! 권위? 권위! 내 아이가 진정 자유롭게 자랄 수 있도록 나는 지금 안전한 울타리를 제공해주고 있는 건가?

어쩌면 잘하고 있음에도 내가 가진 두려움으로 상황 평가를 잘못하고 있는 것인지도 모른다. 그런데 나는 어느 게 진실인지조차 아직 구분할 수가 없으니 문제다. 내가 평생 끌어안고 가야 하는, 개인 역사가 파놓은 내 인격 안의 깊은 홈이기 때문에, 나는 권위 있는 안정적인 보호자로서의 내 역할에 늘 회의할 수밖에 없다. 그러나 한계를 깨기 위해서는 계속해서 경험 속에 부딪히는 방법밖에 없다. 나는 마음을 굳게 먹고 기다렸다. 내 아이가 내가 모르는 것을 제대로 가르칠 것이기 때문이었다.

'떼기' 훈련

아이는 젖병을 떼고 컵에 우유를 마셔야 했고, 기저귀를 떼고 자기 변기에서 소변을 눠야 했다. 원하기, 애착하기 등은 붙이기는 쉬워도, 원래 '떼기'란 어려운 것이다. 결국 아이는 젖병을 떼고 나서 손가락을 더 많이 빨았다. 뼈 있는 손가락보다는 말랑한 고무가 아무래도 치아 배열을 덜 망칠 것 같아서 나는 임시로 젖꼭지를 빨게 허락했다. 그랬더니 절연한 젖병과 손가락 대신 젖꼭지가 24시간 아이의 친구가 되었다. 하나를 떼면 또 다른 하나가 들러붙기 일쑤였다. 기저귀도 마찬가지였다. 팬티만 입은 시원한 볼기에 아이도 자긍심을 느꼈지만 새벽이면 오줌을 싸서 이불을 적셨다. 그 바람에 기저귀가 엉덩이에서 사라진 대신, 침대에는 여기저기 방수요가 깔렸다. '산 넘어 또 산'이라는 말은 이럴 때 쓰는 말이 분명했다.

그중 가장 골치 아팠던 것은 배변 훈련이었다. 15개월쯤 되면 아이는 자신의 몸에서 대소변이 나온다는 것을 알기 때문에 그때부터

'쉬'나 '응가'라는 말을 해주면 배변감과 언어를 연합시켜 자기가 먼저 쉬나 응가라고 말을 하게 된다. 변을 참고 화장실까지 갈 수 있게 괄약근을 조절할 수 있으면 그때부터 본격적으로 배변 훈련이 가능해진다. 그런데 아이는 배변감을 느껴 응가를 하고 싶다는 표현은 할 수 있었어도 변기에 앉아 있는 것은 싫어했다. 소변은 변기에 봐도 대변은 절대로 변기에 보지 못했다. 오래 앉아 있지 못하고 잔뜩 위축되어 제발 기저귀를 달라고 소원했다. 타이르기도 하고, 위로도 하고, 변기를 좋아하게 이벤트도 꾸며보고, 격려도 해봤지만, 아이는 참으면 참았지 변기에서는 볼 일을 보지 않았다. 준비될 때가 있겠지라며 조급하게 마음 먹지 않기로 하고, 권유를 하다 안 되면 일단 기저귀를 채워주었다.

유치원의 또래 친구들 3분의 2는 화장실을 사용하고 있었다. 그런데 내 아이는 유치원 가방에 기저귀를 하나 챙겨갔다. 적절한 순간에 기저귀를 차지 못할 때는 종종거리다가 바지에 똥을 쌀 때도 있었다. 그런 자기를 창피해하면서 자신감이 없는 아이를 보면 나도 마음이 급해졌다. 하지만 기다리는 것 외에는 달리 방법이 없었다.

변을 가리는 것이 가능하다는 말은 아이의 신경계가 발달하여 괄약근을 수의적으로 조절할 수 있다는 뜻이다. 덕분에 아이는 마음 내키는 대로 배설을 하거나 변을 참을 수 있다. 한편, 배변 훈련이 시작되었다는 말은 아이의 본능적 충동이 양육자인 어른에 의해 통제되기 시작했다는 뜻이기도 하다. 아무 때 아무 곳에서나 충동적으로 배설할 수 있는 게 아니라 사회적 관행을 따를 것을 요구받게 된 것이다. 배변 훈련은 프로이트가 인격 구조를 설명하면서 말한 '초자아'

발달의 시초라고도 할 수 있다. 언제 어떻게 하는 것이 옳고 그른지를 구별해 가르치는 부모의 생각을 내면화하여, 아이는 욕구를 즉각적으로 만족시키고픈 충동을 억제하고 배변 시기를 조정하려고 애쓴다. 그러면서 심리적으로 아이의 '자아'가 발달한다. 배변 훈련이 성공적으로 끝났을 때 아이는 사회적 승인을 얻는 쾌감도 경험한다.

배변 훈련은 그래서 신체 및 심리 발달에 중요한 한 획을 긋는 일이다. 부모에 의존하는 것으로부터 벗어나 스스로를 통제하고 믿는, 독립을 향한 중요한 첫걸음이 되는 것이다. 그러나 배설을 통제하지 못했다고 해서 지나친 수치심이나 자기를 의심하게 되는 일은 없어야 한다. 올바른 자율성과 독립을 성취하려면 아이가 스스로 준비되는 대로 서서히 노력해가는 것이 중요하다.

어린 시절에 엉덩이를 맞아가며 이른 나이에 빠르게 그리고 완벽하게 기저귀를 뗐다는 사람들은 대개 복종적이면서 동시에 자기 고집이 세고, 시간을 엄수하거나 과제를 하는 데 있어 철저하며, 지나칠 만큼 청결하고 정리 정돈을 잘하는 성격이 많다. 사회생활을 잘하는 훌륭한 일꾼이요 시민일 수는 있으나, 매사에 자기가 직접 통제하려는 성격이 강해서 삶의 유연함에 발맞추기 힘들고, 상황이 복잡해지면 여러 가지 면에서 강박적이 된다. 그래서 실수를 용납 못하고, 질서나 규율을 지나치게 따지고, 사회의 인정을 최고의 가치로 좇곤 한다. 반면, 부모가 배변 훈련을 시키지 않은 채로 너무 관대하게 오랫동안 방치해두면, 아이는 자라서 우유부단한 성격이 되거나 매사에 양가(兩價)적 태도를 가지거나, 지저분한 것에 무감각해지거나, 반항적이 되거나, 어떨 때는 잔인하고 파괴적인, 가학적이거나 피학적인 성격을 나타내게 된다.

아이에게 똥은 자기 몸의 일부처럼 느껴질 수 있다는 것을 알기에 나는 그것이 불결하거나 혐오스러운 것이라는 느낌을 주지 않도록 조심했다. 실제로 내 아이의 똥은 내게 조금도 더럽게 느껴지지 않았다. 아이에게는 어떤 의미에서는 자기가 만든 최초의 창조물로 여겨질 수 있는 게 변이다. 나는 아이가 그것을 기쁘게 느꼈으면 했다.

처음으로 아이가 자기 변을 보고 놀랐던 게 기억난다. 걸음마를 하기 전 낮은 테이블 주변을 잡고 설 수 있을 때쯤이었다. 너무 더운 여름이어서 기저귀 발진을 걱정한 나는 잠시 아래를 벗겨 엉덩이를 시원하게 해주었다. 그때 아이가 서 있다가 그만 딱딱한 똥덩어리를 마루에 쌌다. 아이는 도저히 이해할 수 없다는 얼굴로 자기 몸에서 나온 그 이상한 물질을 내려다보았다.

"이게 너의 똥이야."

친절하게 말해주면서 나는 아이의 엉덩이를 톡톡 쳐주었다.

"여기서 나온 거야."

휴지로 똥을 주워 아이에게 살짝 보여주고는 치웠는데, 아이는 정말로 그게 자기 몸의 일부 혹은 자기가 만든 것이라고 생각하는 듯했다.

친정에 가서 아이의 기저귀를 갈 때면 내 아버지는, "에이 창피해! 무슨 아가씨가 그래?"라고 놀리셨다. 나는 정색을 하고, 그러면 성기나 항문에 대해 무의식적으로 나쁜 느낌을 가질 수 있으니 대소변에 대해 부정적인 인상을 심어주지 마시라고 했다. 게다가 거기에 왜 '아가씨'란 말이 붙는가 말이다!

"내 아이 앞에서는 남녀 차별적인 발언을 삼가도록 해주세요. 버려지는 것이긴 해도 자기가 만들어낸 것에 대해 아이가 자긍심까지는 아니어도 편안한 마음을 갖기를 바래요."

그런데 도대체 왜 내 아이는 변기를 두려워하는 걸까? 가장 예쁜 변기를 사서 TV를 보는 중에도 앉을 수 있도록 아늑한 거실 한쪽에 놓아주었는데 왜 소변을 누는 것은 잘하면서 대변은 못 보는 거지? 영화 「마이키 이야기 2」를 보면 주인공 아기가 처음으로 변기에 도전하는 장면이 나온다. 마이키의 상상 속에서는 변기가 입을 크게 벌리고 자기를 잡아먹으려고 기다리고 있는 듯했다. 엄마 아빠가 온갖 쇼를 벌이며 '변기는 너의 친구' 식으로 친밀감을 갖게 해주려고 애썼건만, 마이키는 용기가 나지 않았다. 내 아이도 그런 공포를 가지고 있나? 아니면 기저귀에 뭉개지는 뜨뜻한 똥의 느낌이 익숙해서 단순히 그걸 선호하는 건가? 알 수 없는 노릇이었다.

그러던 어느 날이었다. 일을 하러 나가기 전에 친정어머니의 전화를 받았다. 아이가 똥이 마려워 경중거리며 뛰어다니자 아이를 봐주는 사람이 나 대신 얼른 아이를 안아 화장실로 데려갔다. 멀리서 들으니 자기 변기도 아니고 발도 안 닿는 어른 변기에 앉아 있는 게 싫어 아이는 내려가겠다고 한 모양이었다. 아이를 봐주는 사람이 얼른 방으로 뛰어가 무언가를 가지고 화장실로 뛰는 것이 보였다. 한참 있다가 두 사람이 환호하며 나왔다. "오늘은 화장실에서 똥눴다!" 들어보니 이랬다. 아이 봐주는 사람이 얼마 전부터 아이가 그림을 보면서 흥미로워했던 화투를 가져가서 변기 앞에 내내 같이 쭈그리고 앉아 화투장을 넘기며 그 속의 그림들이 뭔지 알아맞히는 놀이를 했다. 아이는 거기에 정신이 팔려 거부할 틈도 없이 자연스럽게 변기에 똥을 누게 되었다. 전화를 끊지 않고 계시던 할머니께 그 소식을 전하니, 다음날 아이 봐주는 사람에게 '훈장'으로 옷을 한 벌 사오셨다. 훈장을 받아 마땅했던 그 사람의 재치는 오랫동안 대단한 공로로 치하되었다. 아이가 만 3세 반 때였다.

이후 아이는 변기를 사용하는 것을 간혹 어려워하긴 했지만 기저귀를 찾지는 않았다. 그래서 아이의 작은 변기는 늘 거실에 있었다. 뚜껑을 덮은 변기는 때로는 아이의 의자가 되기도 했고, 인형들이 올라오는 놀이 무대가 되기도 했다. 손님이 올 때는 참 미안했지만, 누가 있으나 없으나 아이는 자연스럽게 변기를 사용했다. 식사를 할 때도 나는 변기에 앉아 냄새를 풍기는 아이와 같이 밥을 먹었다. 집을 이사할 때 나는 옛 변기를 버리고 아이가 직접 고른 예쁜 꽃무늬 커버를 엄마 변기 위에다 고정시켜 썼다.

한동안 "너 똥 마렵구나? 어서 가서 누럼"이라고 상기를 시켜주어야 아이는 그제야 인정하고 화장실에 갔다. 가끔은 똥이 마려운 게 아니라고 쓸데없이 부정하기도 했다. 하지만 아이는 조만간 자기 혼자 알아서 화장실에 갔다. 유치원 수업 중에 볼 일을 보러갈 때마다 허락을 구하는 게 습관이 되었는지, 늘 "나 똥눠도 돼?"라고 묻는 것을 잊지 않으면서 말이다. 볼 일이 끝나면 아이는 나를 불렀다. 워낙 변기를 사용하는 데 오랫동안 애를 먹었기 때문에 나는 배변이 아이에게 조금이라도 유쾌한 경험이 되기를 바랐다. 그래서 변기 서랍에 떨어진 덩어리를 보고 "와, 이번엔 바나나 똥이네", "똥이 두 개나 되네", "사과 똥이네" 하면서 자랑스럽게 말해주었다. 덕분에 아이는 누가 놀러오면 자기 똥을 가져가 보여주곤 했다. 아이는 수세식인 엄마의 큰 변기를 쓰는 중에도 꼭 자기 것을 확인했다. "오늘은 별로다", "조그맣네", "클 수도 있었는데" 하는 비평과 함께 말이다.

배변 활동이 아이의 심리를 그대로 반영한다는 것은 신기한 일이다. 아프면 변의 상태와 횟수가 달라지지만, 심리적으로 스트레스를 많이 겪을 때도 변을 보는 태도나 상태가 달라진다. 아이는 배변훈련이 잘 끝난 뒤에도 속옷에 변을 묻히거나 변비에 걸릴 때가 종종 있었다. 그러다가 두 달 가까이 제대로 똥을 누지 못해 아이가 자꾸만 바지에 실수를 하는 일이 생겼다. 처음엔 그냥 그런가 보다 했다. 하지만 나중엔 외출을 아예 꺼리는 정도가 되어 문제가 심각해졌다. 아이는 엄마 모르게 조용히 아이 봐주는 사람을 불러 일을 처리했다. 두 사람이 쑥덕거리며 조용히 화장실에 가는 횟수가 늘자 나는 조금씩 걱정이 되기 시작했다. 창피해서 말을 안 하고 속옷에 똥이 굳을 때까지 침묵을 지키며 있는 아이에게 "그렇게 오랫동안 엉덩이를 씻지 않고 있으면 나중에 엉덩이가 빨갛게 아파질 수 있으니, 실수해도 괜찮으니까 엄마에게 빨리 말해서 엉덩이를 닦자"고 타일렀다. 그럼에도 아이는 엄마에게 모든 것을 비밀에 부쳤다.

변을 지리는 경우, 겉으로는 티가 나지 않아도 괄약근의 조절이나 통제상에 문제가 있는 것일 수 있으니 의학적으로 먼저 점검을 해보는 게 필요하다. 그러나 내 아이의 경우는 배변 처리를 잘하다가 갑자기 그렇게 된 것이므로, 그보다는 심리적인 어려움이나 스트레스, 행동 조절 및 통제의 어려움, 대인관계의 문제 등과 관련시켜 생각해 보는 게 빨랐다. 물론 쉽게 추측이 되는 스트레스 상황이 있었다. 아이 아빠가 재혼을 해서 동생을 보았던 것이다. 아이는 아빠와 함께 사는 사람을 '언니'라고 불렀다. 그런데 언니 뱃속에 동생이 있을 때는 아무런 문제가 없었는데, 막상 동생이 태어나니 혼란을 겪는 것 같았다. 여태까지는 아빠와 엄마로 두 집 개념이 되었다 해도 가족 구조에는 혼란이 없었는데 자기 동생이라는 아기가 태어나니 아빠의 언니가 그냥 '언니'는 아닌 게 되어버렸다.

아이 아빠는 여러 가지 일로 아직 해외에 나가지 못하고 있었다. 아이는 주말마다 아빠 집에 다녀왔는데, 변을 지릴 때부터는 갑자기 아빠에게 안 가겠다고 떼를 쓰기 시작했다. 한 달 넘게 아이가 아빠를 거부하자 마음이 불편해진 나는 가시방석에 앉은 기분이었다. 하는 수 없이 아이 아빠에게 최근 아이가 보인 변화들을 이야기해주면서 시간을 좀 달라고 부탁했다. 다시 준비가 되면 아빠를 찾을 것이니 조금만 기다려주면 될 것이라고 했다. 그럼에도 아빠는 주말마다 아이를 데리러 왔다. 아이가 가지 않겠다고 하면 물론 억지로 데려가지는 않았다. "아빠가 보고 싶으면 언제든 전화를 해라. 그럼 바로 와서 데려가겠다"는 말만 남기고 터덜터덜 돌아가곤 했다.

그맘때 하필 우리 집도 이사를 해서 모든 게 어수선했다. 아이 아빠도 외국으로 이사 갈 날을 잡아놓고 있었다. 아이는 다시 허공에 뜬 상태가 되었다. 그래서 더 자기 자신을 통제하는 데 애를 먹는 것 같았다. 나는 변을 지리는 행동 자체에는 초점을 두지 않고 아이가 겪고 있을 심리적 상태와 어려움을 이해해 달래주려고만 노력했다. 아이가 불편한 자기 마음을 다른 식으로 표현할 수 있도록 도와주고 싶었는데 아이는 그에 대해 별로 이야기를 하고 싶어하지 않았다. 특히 동생에 대해서는 언제나 입을 다물곤 했다.

아이 스스로도 어린애 같은 자신에게 수치심을 느낄 것이었다. 또래나 다른 가족에게 알려질 것이 불안하여 관계에서 위축되는 것이 당연했다. 누군가가 눈치챘을 경우 아이가 놀림을 받거나 거부를 당할지도 몰라 유치원 선생님께 사정을 잘 말씀드리고, 매번 여벌의 옷을 싸서 보내며 실수를 하면 아이들 몰래 처리해줄 것을 간곡히 부탁드렸다. 할머니께도 미리 귀띔해주고, 밖에 외출 나갈 일이 있으면 만반의 준비를 하고 나갔다. 그래서 우리 모두 아이의 움직임을 전보다 더 민감하게 관찰했다. 똥이 마려운 순간이 언제인지 잘 포착하여 아이를 달래 화장실로 가도록 유도를 하는 데 집중했다.

서서히 아이는 배변 문제에 다시 자신감을 되찾았다. 그와 더불어 아빠의 방문이나 아빠 집에 가는 것을 다시 받아들이게 되었다. 하지만 그때의 부끄러운 기억은 아이에게 약간의 후유증을 남겼다. 이후에도 똥이 마려운 것 같아 "그러지 말고 화장실에 가라. 곧 똥이 마려울 것 같다"라고 말하면 아이는 화들짝 놀라면서 "아냐, 나 똥 아직 안 마려워. 정말이야. 팬티에 묻었나 볼래?" 하면서 바지를 벗어 내게 보였다. 말은 그렇게 해도 스스로 확신이 없는지 자기가 먼저 살짝 보고 나서 아무 일도 없으면 그제야 "그것 봐, 내가 뭐랬어!" 하고 당당하게 말했다. 아이의 자존심이 유지되긴 했지만, 그래도 전보다는 아이가 좀 위축된 느낌이었다. 나는 아이에게 "그렇게까지 할 건 없어. 실수는 계속 할 수 있어. 그래도 돼. 엉덩이가 아픈 게 문제지. 기다리지 말고 미리 가서 앉아 있으면 좋겠어서 하는 말이야"라고 매번 설명을 해주어야 했다.

화장실 꿈을 자주 꾸는 내담자들 이야기를 듣다 보면 심리적으로 배설이 갖는 상징적 의미에 대해 많은 생각을 하게 된다. 배설은 자기에게 불필요한 것을 배출해내는 조절 능력과 자신감을 반영하기도 하지만 무언가 잃어버리는 기분이라, 내버릴 자신이 없어서 혹은 받아주지 않을 것 같아서 불필요한 것을 보유하고 있는 무기력감을 반영하기도 한다. 생리적·신체적 조건도 한 몫을 할 테지만, 내 아이의 경우에 그것은 일종의 심리적 신호였다. '나 지금 너무 힘들다'라고 몸을 빌린 표현이었다.

'깨치는' 순간

'나는 어떻게 글자를 배웠을까?' 아이에게 글자 공부를 시키려고 이리저리 머리를 굴릴 때 내 머릿속을 맴돌던 질문이다. 지금처럼 학습지란 것도 있지 않았고, 유치원도 아무나 가는 곳이 아니었는데 그때는 글을 어디서 배웠나? 친정어머니는 내가 내 아이만할 때 나이 차이가 큰 오빠들 어깨 너머로 그냥 글을 '깨쳤다'고 하셨다. 따로 앉혀 공부를 시킨 적은 없다고 하셨다. 그래서 나는 다른 아이들도 다 나처럼 그렇게 글을 저절로 알게 될 거라고 생각했다.

'내 아이에게도 어느 순간 문명의 빛이 갑자기 번쩍할 날이 올 테지. 얼마나 멋질까!'

그런데 막상 주변 엄마들의 이야기를 들어보니, 공부를 시켜야 한다는 것이었다. 나는 가급적 그 말들은 무시하고 내 경우만 생각하려고 애썼다.

'학교에 들어갈 때까지도 글을 깨치지 않으면 급하게라도 공부를

시키면 되겠지.'

그런데 어느 날 누가 집에 찾아와서 초등학교 교육 과정이 바뀐 것을 아느냐고 물었다. 학습지나 학원 홍보차 방문한 것 같은데, 말투는 동사무소에서 중요한 공지사항을 들고 온 사람들 같았다. 그들 말에 따르면, 이제 만 5세 반만 되면 아이들은 초등학교에 들어갈 수 있다. 엄마들이 유아 교육에 발이 빠른데다 요새 아이들이 워낙 똑똑하기도 해서 교육부에서 입학 연령을 낮추었고, 학교 교과목도 한글과 기초 수학을 뗀 아이들을 기준으로 해서 짜여져 있다고 했다. 나는 깜짝 놀랐다.

'우리 때는 만 7세에 1학년에 입학해서 학교에서 ㄱ, ㄴ, ㄷ, ㄹ, 덧셈 뺄셈부터 배웠는데 이제는 교과 과정 자체가 그 부분을 생략하고 들어간다니……'

거기에 한문, 영어, 컴퓨터도 배운다. 두 여자는 그런 정보만 던져주고 돌아갔다.

교육부에서 아무리 그렇게 가능성을 열어놓아도 나는 만 5세 반이 된 아이를 학교에 보낼 맘은 없었다. 영재교육에도 관심이 없고, 보통의 유아교육에도 관심이 없는 나다. 유치원에 보내는 것으로도 아이에게는 아직 때 이른 일들이 너무 많이 벌어진다.

그러나 사람들은 내가 그렇게 말하면 깔깔깔 웃음을 터뜨렸다.

"우리도 그랬는데, 남들이 다 하니까 조금씩 초조해지더라구. 내 아이만 뒤떨어지는 것 같은데 어떻게 해. 어쩔 수 없이 따라하게 됐지."

그들은 나라고 다르지 않을 거라고 했다. 정말 그런가? 하긴 정규 교육이 그런 식으로 출발한다면 나도 마음이 좀 불안하다. 학교에서 아이 스스로 또래들 속에서 스트레스를 받고 자신감도 상실할 것이므로, 심리적으로 그런 폐해가 가지 않을 정도로 다른 아이들 하는 만큼 하게 해야 할 것 같다.

'교육 문제가 이제 남 얘기가 아니구나.'

나는 어리다고만 생각했던 내 아이를 걱정 반, 그러나 이상하게도 느긋함 반으로 가만히 바라보았다.

나는 한 번도 공부 때문에 속상해한 적이 없다. 억지로나 마지못해 공부를 해본 일도 없다. 워낙 성취욕이 강해서 맘만 먹으면 혈서를 써가면서 공부를 할 정도였다. 하지만 보통은 그냥 내가 좋아서, 아는 게 재미있어서 공부를 했다. 집에서도 나를 재촉하거나 강요한 적이 없다. 물론 내가 어떤 성과를 가져오든 어머니는 별로 칭찬을 하지 않아서 간접적으로는 그게 나를 더 재촉했을 수도 있다. 하지만 공부에 대한 잔소리를 평생 모르고 컸다고 해도 과언이 아니다. 과외란 것을 받아본 것은 초등학교 5학년 때와 6학년 때다. 졸업할 때 마지막 2년 동안의 성적을 종합해서 전교 1등 남학생과 여학생 한 명씩에게 주는 장학금이 있었는데, 나는 그것을 타볼 욕심으로 과외를 시켜달라고 졸랐다. 그게 처음이자 마지막으로 내가 경험해본 사교육이었다. 대학에 가기 전에는 학원이나 어디 다른 곳을 다녀본 일이 없다.

그래서 나는 공부를 하고 싶어하는 내 마음 자체를 재산으로 여기며 살아왔다. 억지로 시킨다고 할 사람도 못 되는데 마지못해 공부를 해야 했다면 얼마나 힘들었을까? 나는 내 자신이 가방줄을 늘여가며 공부를 많이 했기 때문에 내 아이까지 공부를 잘하거나 많이 해야 한다는 욕심은 갖고 있지 않았다. 공부를 잘한다고 반드시 좋은 미래가 보장되는 것도 아니고, 인격이 훌륭해지는 것도 아니고, 행복해지는 것도 아닌데, 하기 싫은 사람에게 억지로 시킬 이유는 없다. 공부만 하다가 심리적으로 병을 앓게 된 사람, 오히려 인생의 실패자처럼 자기를 느끼는 사람들이 치료실에 찾아오는 것을 보면서부터, 나는 자기 욕구에 따라 충실하게 사는 길만이 최고의 행복이라고 생각하고 있었다. 마침 공부가 그런 길이라면 그 역시 행복한 일이지만, 그게 아니라면 그에 매달릴 이유가 없는 것이다. 나나 제 아빠를 닮았다면 내 아이도 머리가 나쁘진 않을 것이다.

'그러니까 우리 어머니가 그러셨듯이, 시키지 않아도 알아서 할 성격으로만 만들어주자. 내가 어떻게 하든 제 성격 그대로 갈 테지. 나는 그저 자기답게 자기 욕구대로 살아갈 수 있는 사람으로만 키워주자. 그러면 제가 좋아하는 것을 알아서 찾아갈 것이다. 그리고 무엇이든 재능이 있거나 흥미가 있으면 공부를 못해도 밀어줘야지.'

그러나 나중에 뭘 어떻게 하든, 기본 지식을 얻을 수 있는 고등교육까지 다 밟아두긴 해야 한다. 긴긴 인생에서 삶의 방향을 틀고 싶을 때도 있고, 취미때문에라도 여러 분야에 관심을 돌리게 될 때도 있다. 그때는 기초 지식이나 훈련된 게 없을 경우 무척 답답하다. 내 경우만 봐도 '이건 고등학교 때 배웠는데, 그때 좀더 잘 들어둘걸' 하는 안타까움이 많다. 어른이 되고 보니 고등학교까지의 교육은 다시 반복해서 배울 일이 없다. 그건 그때뿐인 교육이다. 그러니 더 열심히 할 필요가 없는 게 아니라, 그래서 더 잘 배워놓아야 하는 것이다. 교육은 풍요로운 삶을 위한 준비일 뿐이다. 어디서 어떻게 쓰일지 모르는 기초 지식은 많이 가질수록 좋다. 내 아이는 그런 기초 지식만 스스로를 위해 쌓아두면 되지, 잘하든 못하든 상관없다. 이왕이면 그 지식을 재미있고 흥미롭게 배워서 나중에도 기억할 수 있는 게 중요하다. 성적이 잘 나오도록 외우는 지식은 시간이 지나면 남는 것이 없다. 어차피 공부를 못해 자존심이 떨어지면 아이 스스로 그것을 다시 세우려고 애써보긴 할 거다. 그런 의욕이 보이면 그때 적절히 도와주면 된다. 내 어머니가 오빠들도 해보지 않았던 과외를 내가 원했을 때 시켜주셨던 것처럼 말이다.

생각이 이렇게 정리되고 나니, 아이에 대한 내 나름의 교육관이 섰다. 순전히 내 자신의 경험에 따른 주관적인 교육관이라 내 아이의 실제 상황에는 안 맞을 수도 있다. 하지만 내 아이를 관찰하여 내가 잘 알고 있는 이상, 나와 전혀 다를 수 있는 아이의 길을 내 선입견으로 억지로 윤색하고 각색하고 싶지는 않다. 나는 내 자신을 믿기로 했다. 그리고 이해하고 파악되고 믿어지는 만큼 내 아이를 따라가보기로 했다. 단순히 다른 사람들 이야기나 분위기나 풍조에 따라가지는 않을 것이다. 그러자 조급한 마음은 사라지고, 내 아이가 다시 보였다.

하지만 이제 만 3세 반인 아이는 지적 자극이 필요하다 해도 어떤 자극이 있는지를 모르기 때문에 내게 무언가를 요청할 리 없었다. 그래서 나는 아이가 한글을 배울 준비는 되어 있는지, 배울 의욕은 있는지를 점검하기 위해 일단 자음과 모음부터 가르쳐 보기로 했다. 학습지 같은 것으로 아이에게 부담을 주고 싶진 않아서 집에서 재미있게 가르칠 생각이었다. 그런데 아이는 별로 흥미를 느끼지 않았다.

설명이나 유도하는 방법이 잘못되었나 싶어 TV에서 아이디어를 얻은 흥미로운 게임들을 도입해서 가르쳐 보았다. 그래도 아이는 자꾸만 피하면서 도망다녔다.

그제야 돌아보니 한글이란 게 참 딱딱하고 재미없는 구조였다. 우리 말을 자유자재로 활용하고 있으니 몰랐는데 아이 때문에 기초 구성을 다시 뜯어보니 참 배우기가 쉽지 않았다. 외국사람들이 하는 말을 들어보면, 우리 말이 과학적이라서 읽고 쓰는 것이 다른 언어에 비해 쉽다고 했는데, 꼼꼼히 뜯어보니 꼭 그런 것만도 아니었다. 일단 14개의 자음을 변별한다는 것이 어렵게 느껴졌다. 각각의 이름도 지루했다. 자음과 모음 거기에 받침을 넣기도 하고 빼기도 하는 음절문자의 법칙을 아이에게 어떻게 설명하면 좋을까? 아이의 눈으로 우리 말을 보니 이상한 디자인이었다. '0'과 '1'로 모든 글자를 흉내낸 아이의 시각이 이해되었다. 그냥 무조건 익히는 수밖에 없나?

아이는 한글보다 숫자에 더 관심이 많았다. 1에서 9까지 숫자를 익힌 아이는 거기서 성취감을 얻었고, 'ㄱ·ㄴ·ㄷ'에는 흥미를 잃었다. 이런 아이에게 영어까지 가르친다는 것은 상상도 할 수 없었다. 나는 더 이상 시키지 않았다. 늘 책을 읽고 쓰고 공부하는 엄마를 보며 자라는 아이니까 어느 날 자기도 해보고 싶다는 생각이 들 때가 있을 것이다. 그래서 내가 보는 책과 중요한 노트마다 이상한 낙서를 하는 아이를 혼내지 않았다. 일에 지장을 주기도 했지만 언젠가는 나나 아이나 그런 낙서들을 아련한 추억으로 다시 들쳐보게 될 때가 있을 것이다.

만 4세가 되자 유치원에서 아이는 1월생이란 혜택으로 한 해만큼

빨리 다른 아이들과 같이 진급을 했다. 거기서 아이는 정식으로 한글을 공부하게 되었다. 조금 이른 감은 있었지만 유치원에서 배운 것을 한두 페이지씩 다시 써가는 숙제도 있었다. 자기가 뭘 하는지도 모른 채 아이가 자음과 모음을 베껴가는 지루한 날들이 계속되었다. 아이가 숙제를 하기 싫어하는 것을 혼내고 싶지 않았다. 그래서 어떤 날은 과자를 경품 삼아 시키기도 하고, 달래서 시키기도 하고, 어떤 때는 선생님께 조금만 기다려달라며 안 해 가도 되게 허락을 받기도 했다. 아이는 자연스럽게 유치원 안에서 경쟁심을 느끼는 것 같았다. 나는 아이가 스트레스를 감당하면서 자발적으로 성취감을 향해 달려가도록 집에서라도 수위 조절을 해야겠다고 생각했다.

그러던 어느 날 아이는 자기 이름을 쓰게 되었다. 그러더니 엄마 이름, 아빠 이름, 할머니 할아버지 이름을 물어 식구들에게 이름을 써서 선물로 주는 것을 좋아하게 되었다. 길을 걸을 때는 자동차의 등록판을 읽는 놀이를 했는데, 내가 일부러 못 읽는 척하면 아이는 내게 바보라고 핀잔을 주고 으스대며 글자와 숫자를 읽어주었다. 아이는 자기가 그리는 그림마다 그것이 무엇인지를 글자로 써넣기 시작했다. 그러더니 갑자기 편지봉투에 관심을 보이면서, 이 사람 저 사람에게 말도 안 되는 글을 써서 편지를 전달하는 것을 즐겼다. 언제나 호들갑을 떨며 기뻐해줌으로써 나는 아이에게 동기를 부여하려고 애썼다. 동화책을 평소보다 많이 읽어주었는데, 가끔은 내가 읽고 있는 중에 아이가 어떤 단어를 앵무새처럼 되뇌면 그 단어가 나올 때마다 아이에게 읽으라고 기회를 주곤 했다.

아이가 읽기 연습을 가장 많이 한 곳은 거리에서였다. 다양한 서체

| (1) | (2) | (3) |

〔1〕 그냥 자기가 알고 있는 글자들을 흉내낸 것이다. 그래도 자기 이름과 내 이름은 정확히 쓸 수 있었다. 만 4세 6개월 때다.

〔2〕 만화영화 주인공 올리버에 빗대어 '박승숙이 올리버가 되고, 올리버가 거북이가 되어, 얘기를 했어요'란 뜻으로 쓴 말이다. 만 4세 9개월이 되었을 때 썼다.

〔3〕 할머니 할아버지에게 문제를 낸 것이다. '할머니, 할아버지 이게 뭘까요?' 아래에는 리본, 바지, 윗도리와 치마, 양말 등이 보인다. 만 4세 9개월 때다.

를 만날 수 있는 좋은 연습장이 바로 간판이었다. 나는 산책을 나갈 때도 일부러 간판이 많은 곳으로 다녔다. 사실 별뜻 없는 간판들이 많아서 읽고 나면 무슨 뜻이냐고 꼭 묻는 아이에게 설명을 하다가 웃음을 터뜨리는 날도 많았다.

별 성과 없이 흘러가는 날들이 계속되었다. 그러던 어느 날, 갑자기 아이가 동화책을 큰 소리로 읽기 시작했다. 방안에 혼자 앉아 동화책을 보고 있어서 평소처럼 그림이나 보고 있는 줄 알았는데, 떠듬거리긴 해도 또박또박 글을 읽는 아이의 목소리가 열린 문 틈으로 흘러나왔다. 정말로 '깨친다'라고 일컫는 발달 상황이 존재하는 순간이었다. 나는 믿어지지 않아서 한달음에 달려갔다. 아이는 부끄러워하

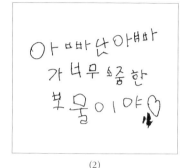

(1)   (2)

〔1〕 아이가 엄마에게 혼나고 나서 한참을 삐치고 울다가 조용히 방에서 끄적거려 남긴 편지다. 만 5세 때 썼다. '엄마, 아빠, 미안해요. 엄마 말을 들었어야 하는데, 내가 왜 이러지? 놀고 싶어서…' 파란 글씨는 줄도 엉망이고 말도 이상해서 전부 이해할 수는 없었지만 아이의 정성이 갸륵하여 나는 잘못을 용서해줬다. 이제 아이에게 글은 말과 다른 표현 수단이요, 새로운 관계 양상을 펼쳐내는 소통방식이 되었다.

〔2〕 아이가 만 5세 때 아빠에게 쓴 편지다.

면서도 내게 4권의 책을 천천히 읽어주었다. 말문이 막힌 나는 동네방네 전화를 해서 "아이가 지금 이 시간에 혼자 책을 읽고 있다!"고 자랑을 했다. ㄱ, ㄴ, ㄷ, ㄹ을 배우기 싫어 도망다니던 게 엊그젠데, 정말 믿어지지 않았다. 처음 아이에게 자음과 모음을 가르치려고 했던 때로부터 1년 반, 아이가 유치원에서 진급을 한 지 7개월쯤 되었을 때다. 지지부진한 상태에서 갑자기 도약하는 식의 계단식 발전이었다.

그제야 이해가 되었다. 오빠들 어깨 너머로 내가 그냥 글을 깨쳤다는 것도 내 어머니에게 남은 감동적인 어떤 '인상'이었다는 것을 말이다. 그 도약하는 순간이, 내게 그랬듯이 내 어머니에게도 '수리수리마수리 펑!' 하는 마술처럼 느껴졌을 것이다.

아이는 만 5세에 유치원반을 하나 더 올라갔는데 거기서는 받아쓰기를 할 정도가 되었고, 긴 글도 곧잘 읽었다. 내게 혼이 나거나 할 얘기가 있을 때는 몰래 가서 편지를 써서 사랑한다는 말과 함께 건네주었다. 서너 문장으로 된 긴 글이었다. 게다가 아이는 내가 읽어줄 필요가 없으니 이제는 수시로 자기 방에서 이 책 저 책 마음 끌리는 대로 혼자 꺼내 읽었다.

아이가 글을 통해 시대와 공간을 초월하여 다른 사람의 경험과 생각을 알 수 있고, 또 그것들을 기초하여 더 나은 지식으로 자기를 발달시켜갈 것을 생각하니 가슴이 벅차 눈물이 날 것 같았다. 말을 하고 말귀를 알아듣는 것과 달리, 글을 배운다는 것은 생각과 기억, 받아들이는 정보의 질과 학습량을 대폭 확장시키는 역사적인 순간이다. 이제 아이는 엄마의 지혜를 차츰 넘어서게 될 것이다. 아이는 아이의 세계를 따로 만들어가게 될 것이다. 그 모든 것을 언어의 완성으로 보장받게 되었다. 나는 아이가 '깨친' 이성의 빛에 감탄하며 언젠가 내 손바닥에서 훅 하고 불어 아이를 떠나 보내야 할 날이 가까이 옴을 느꼈다. 언젠가, 언젠가……

놀이는 의사소통의 수단

혼자 잘 놀고 있든 누구와 있든, 아이가 꼭 엄마를 찾게 되는 순간
이 있다. 몸이 아프거나 화가 나거나 슬프거나 졸리거나 불안할 때
다. 그럴 때 엄마가 없으면 혹은 함께 해줄 수 없으면 아이는 다른 무
언가를 찾는다. 아이에게 위안이 되는 그 무언가는 오래된 물건일 가
능성이 높다. 보통은 곰 인형이나 부드러운 천으로 된 거다.

내가 아는 어떤 아이는 아기 때부터 덮던 담요를 못 버리게 했다.
초등학생이 되어서도 꼭 그 담요를 가지고 다니겠노라 고집했다. 아
이의 엄마는 하는 수 없이 닳고 닳은 귀퉁이를 오려 핸드백 속에 넣
고 다니다, 아이가 필요할 때마다 꺼내 주곤 했다. 그렇지 않으면 아
이는 예민해지고 안정이 되지 않았다.

그런데 내 아이는 그런 물건을 갖지 못했다. 인형이 아주 많아도
이것저것 잠깐 가지고 놀 뿐, 어느 것에도 애착심을 보이지 않았다.
이불이나 베개에도 집착하지 않았다. 아이 아빠와 나는 아이를 위로

해줄 것으로 아이의 손가락을 대신했다. 육아 관련 책에서 손가락을 빠는 것이 심리적으로나 신경적으로 좋을 수 있다고 해서 아이에게 일부러 손가락을 빨게 했던 것이다. 나중에 아이가 컸을 때 그것을 금지시키는 것도 쉬운 일은 아니겠지만, 그래도 아이가 스스로 위안을 가질 무언가를 갖는 게 지금은 더 중요하다고 생각해서 내린 판단이었다.

그렇게 해서 손가락을 빨게 된 아이는 엄마를 분명히 인식하게 되면서부터는 하나를 더 찾았다. 바로 내 머리카락이었다. 백일이 지나만 3세가 될 때까지 나는 아이를 재우기 위해 꼬박 한두 시간을 벌서야 했다. 머리카락을 손으로 혹은 발로 만질 수 있게끔 계속 대줘야 했던 것이다. 괴로운 형벌이었다. 아이가 몸이 아파 잠 못 드는 날이면 세 시간까지도 그러고 있어야 했다.

어느 날 나는 미장원에서 다양한 염색약 색상의 샘플용 머리카락을 얻었다. 운전 중에는 아주 효과적이었다. 혼자 앉아 있다가 지루하거나 졸음이 오면 머리를 대달라고 칭얼댔는데, 운전 중이라 내가 고개를 숙일 수가 없으면 미리 준비해놓고 있던 샘플용 머리카락을 손에 쥐어주었다. 그러면 아이는 한 손으로는 손가락들 사이로 머리카락을 쓸어 만지면서 다른 손으로는 엄지손가락을 빨며 기분이 풀어졌다.

몇 년 뒤 샘플 머리카락의 마력은 사라졌다. 대신 아이의 머리카락이 그 역할을 대신했다. 자기 머리를 만지는 것을 좋아하게 된 뒤에는 잠을 청하는 시간도 좀 짧아졌다. 만 4세 이후에는 등을 만져주거나 조용한 노래를 불러주면 30분 내에 잠이 들었다. 가끔은 혼자 잠이 들 때도 있었다.

엄마의 존재를 대신하여 아이에게 위안을 줄 수 있는 이러한 물건을 위니컷은 '중간 대상' 혹은 '전이 대상'이라고 불렀다. '전이 현상'이란 것에 대해서도 이야기했는데, 옹알이, 특정한 매너리즘, 자신의 신체의 일부 등이 그에 포함된다. '중간' 혹은 '전이'라는 말은 엄마에서 자기 혼자의 삶으로 이행하는 데 있어 과도기로 등장하는 것이라 그렇다. 내 아이에게는 중간 대상은 없었지만, 전이 현상은 있었던 셈이다.

엄마가 자기가 아닌 바깥 존재임을 이해하고 있기에, 아이는 엄마가 없으면 슬프거나 불안하다. 생존을 위해 꼭 필요한 사람이지만 아이 맘대로 엄마를 움직일 수는 없다. 아이는 불안한 그 순간에 안아주고 쓰다듬어주고 위로해주는 엄마의 기능을 대신해줄 무언가가 필요하다. 자기가 아닌 어떤 것이면서 엄마를 대신하는 상징으로서, 문자 그대로 아이가 '소유'할 수 있는 물건 말이다. 엄마를 대신한다는 말은 엄마가 아니라는 뜻이다. 정작 필요한 엄마가 아니어도 아이가 힘을 얻을 수 있다는 것은 인식의 놀라운 발전이다. 이제 아이는 '상징'이란 것을 사용할 수 있게 된 것이다.

그런데 엄마처럼 자기 맘대로 통제되지 않는 현실 세계가 자기의 바깥에 따로 존재하고 있음을 인정하게 될 때, 아이들이 무력감을 느끼는 건 아닐까? 주관적인 생각과 느낌은 가득한데, 외부에는 그 자체의 현실 원리가 존재하고, 바람이나 상상을 현실 속에 그대로 실현시키기란 너무 어려우니 말이다.

위니컷은 아이가 현실 속에서 자신의 무능함을 인식하면서 서서히 여러 능력을 발달시켜 가는 중에 이쪽도 저쪽도 아닌 어떤 중간 지대를 펼친다고 했다. 현실 확인에 기초한 객관적인 지각과 주관적이면서도 상상력이 풍부한 창조력을 균형 맞추는 시간과 장소, 거기서 이루어지는 게 바로 놀이다. 중간 세상에서는 내면의 욕구만 분출되는 것도 아니고, 현실 원리만 매섭게 아이를 노려보고 있는 것도 아니다. 놀이에서는 모든 것이 가능하다. 자기의 무한한 가능성과 현실에 대한 자신의 실제적인 통제가 결합되어 다양한 창조적인 경험이 펼쳐지는 것이다. 아이는 자기가 본 외부 대상과 현상들을 놀이로 끌고 들어와 거기에 자기의 개인적이며 내적인 생각과 느낌들을 싣는다. 자기 머릿속의 내용을 위해 외적 현상을 조작하며, 자신이 선택한 외적 현상에 의미와 느낌을 불어넣는다. 단순히 생각하거나 바라는 게 아니라 그것들을 행한다. 세상으로부터 고립된 머릿속 공상은 그 사람의 에너지를 흡수하여 꿈이나 삶 그 무엇에도 공헌하지 못하도록 붙들어매지만, 놀이는 에너지를 현실과 관련을 맺는 상상력으로 변화시킨다. 놀면서 아이는 물건을 조작하고, 몸의 흥분과 관련된 강렬한 흥미를 느낀다. 놀이는 신체를 통한 경험이다. 그리고 언제나 창조적인 경험이다. 주관적인 것과 객관적으로 지각된 것 사이의 접경에 놓여 있기 때문에 어떻게 진행이 될지 예측할 수 없는 게 놀이다. 이 예측 불가능한 발견과 창조 앞에서 자기가 가진 능력에 놀라워하는 순간이 바로 의미 있는 순간이다.

그래서 내 아이의 강아지 놀이는 줄기차게 진행되었다. 핍박받거나 사랑받거나, 이런저런 이유로 통제되는 강아지에 자기를 동일시하며 여러 가지 감정들을 놀이 속으로 끌어들였다. 아이는 삶의 희로애락을 강아지를 통해 미리 맛보는 듯했다.

　괴물놀이도 자기의 한계를 극복하려 한 아이의 자발적인 활동이었다. 원래 겁이 많고 신경이 예민한 아이는 위험한 상황을 예견해서 누가 "예나야, 위험해!"라고 약간만 소리를 질러도 뒤로 벌렁 넘어져 울고 마는 아이였다. 그런 아이가 스스로 만든 놀이가 이것이었다. 으르렁거리며 사람들을 겁주는 동물이 되거나, 그런 무서운 존재로부터 약자를 구해주는 더 강한 무엇이 되거나, 이 방에서 저 방으로 "난 괴물이다~" 소리치며 쫓고 쫓기는 중에 스스로 담력을 키웠다. 실제 상황이 아닌 놀이 속에서 아이는 가상적 공포를 맛보고 이겨내고 싶었을 것이다. 괴물놀이는 그래서 1년 동안 계속되었다.

　만화에는 변신을 꿈꾸게 하는 주제들이 많은데, 아이가 즐겨보던 「포켓몬」과 「디지몬」은 더 나은 무언가로 진화도 한다. 나와 아이는 여러 '몬'들을 흉내내며 놀이 속에서 가지각색의 재주와 진화를 경험했다. 포켓몬들도 부지기수였지만, 디지몬들의 족보를 외우는 것은 암기력이 부족한 내겐 역부족이었다. 하는 수 없이 나는 디지몬 진화의 계보를 보여주는 포스터를 어렵게 구해 벽에 붙여두고 열심히 외웠다. 문방구에 갈 때마다 디지몬 인형들을 사서 모으는 것이 아이뿐 아니라 나의 취미이기도 했다.

　아이는 실제 선물이 아니어도 아무거나 포장지로 싸서 깜짝 선물을 주는 것을 좋아했다. 그래서 똑같은 물건이 몇 번이고 포장되어 내게 전달되면 나는 늘 새롭게 놀라는 연기를 해보여야 했다. 그러고 나면 내가 또 선물을 포장해서 갖다주어야 했다. 아이는 나보다 연기력이 좋았는데 가짜이지만 그렇게 선물을 주고받는 중에 사랑을 확인하는 기쁨을 반복해서 경험하는 듯했다.

아이는 인형이 많았는데 인형 집과 세간들도 그만큼 많았다. 인형으로 친구들끼리 싸웠다가 화해하는 것도 해보고, 엄마 아빠가 되어 자기가 실제로 당한 것 혹은 받은 것을 자기 아이에게 돌려주는 재미도 즐겼다. 인형을 위한 집과 물건들을 집에서 손수 재활용품으로 만드는 놀이도 함께 하는 즐거움이었다.

아이는 동화책이건 만화영화건 자기가 본 스토리들을 나와 드라마로 재연하는 것을 좋아했다. 우리한테는 어디든 무대였다. 죽이 맞으면 길거리에서 백조의 호수 발레도 하고 플란더스의 개라고 우유통도 끌고 가곤 했다. 아이는 주로 결말이 비극으로 끝나는 것을 무대에 올리길 좋아했다. 아이가 상황을 재연하면서 도움을 많이 받은 건 「못 말리는 짱구」라는 만화 시리즈였다. 일상에서 짱구를 흉내내면서 엄마로부터 꿀밤을 맞아도 울지 않는 녀석의 뻔뻔함과 밉지 않은 엉뚱함을 아이는 자기 성격을 조절하는 데 적절히 융화시켰다.

유치원 숙제를 안 하려 들면 나는 선생님이 되어 "이거 해볼 수 있는 사람?" 하면서 아이를 놀이로 끌어들였다. 그러면 아이는 반 친구들을 흉내내며 문제를 풀었다. 자기가 좋아하는 친구들은 자기랑 경쟁할 수 있는 똑똑한 학생들로 등장시켰고, 자기가 싫어하는 친구들은 선생님에게 혼이 나는 아이들로 전락시켰다. 가장 열심히 하고 똑똑한 아이는 언제나 자기였다. 선생님으로부터 상을 받는 시늉을 할 때면 아이는 부끄러운 척하며 기분 좋아했다. 그런 식으로 놀다 보면 숙제는 어느새 다 끝났다.

아이들이 함께 노는 대상은 처음엔 엄마들이다. 엄마는 아이의 활동에 조심스럽게 맞추면서 자신의 놀이를 조금씩 소개한다. 아이의 놀이와 엄마의 놀이가 겹쳐지는 이 영역 안에는 삶의 풍부한 요소들을 끌어들일 무한한 기회가 있다. 놀이는 참여하고 있는 두 사람을 관계 속으로 인도하고, 성장을 촉진시키며, 창의적인 의사소통의 수단이 된다.

따라서 위니컷은 놀이에서만 인간은 창조적일 수 있으며 그래서 자유롭다고 했다. 놀이는 인간의 자가 치료법이며, 아동의 심리치료에도 적극 활용된다. 예술활동도 일종의 놀이인 셈이다. 어른의 세계에서 놀이는 다양한 문화 활동으로 나타난다.

사람과 사람이 만나 관계하는 속에 두 사람의 주관적인 정신 세계를 매개하는 중간 영역으로서의 미술의 효과를 아는 나는, 아동 혹은 성인의 놀이가 막대한 정신 에너지를 쉬게 하여 다음을 위해 그것을 응축시킨다는 것을 적극 활용한다. 나는 내 아이와 놀이 속에서 서로 에너지를 나눈다. 그러면서 쉰다. 일에서 쉬고, 현실로부터 쉬고, 내 안에서 올라오는 수많은 걱정들과 충동들로부터 쉬고, 그리고 내 아이의 일상적인 뒤치다꺼리로부터도 쉰다. 나는 놀아주지 않는다. 나는 논다. 실제로 도전받는 것이 아무것도 없는, 무한대로 펼쳐진 이 '중간'에서 나는 내 아이를 만나 교류하고 공유한다. 우리는 각자 자기 안에서 혹은 바깥에서 무언가를 가져와 놀이 속에 뒤섞고, 다시 가져간다. 놀이는 우리 둘에게 마를 줄 모르는 기쁨의 샘이다. 그래서 나는 아이에게 감사한다. 어른들은 아이만큼 재미있게 놀 줄 몰라 내 상대가 못 되기 때문이다.

눈맞춤의 힘

내 아이는 일하느라 바쁜 나 때문에 다른 사람들에게 엄마를 빼앗기는 시간이 많다. 집에 있을 때도 많은 시간을 컴퓨터 앞에 앉아 있는 내게 "제발, 컴퓨터 하지 말아줘", "심심하단 말야", "무섭단 말야"라고 애절하게 부탁하는 경우가 많다. 놀아줄 때는 집중해서 잘 놀아주는 편이긴 해도, 무심하게 일에 매달려 아이를 방치하는 경우도 많다.

어느 날 모처럼 일이 없는 오후에 영화를 빌려보았다. 아이가 유치원에서 돌아온 시간까지 다 보지 못한 나는 아이를 조금 챙기고 나서 다른 방에 들어가 작은 TV로 영화의 궁금한 끝을 마저 보았다. 평소 좋아하는 EBS 프로그램이 거실에서 큰 소리로 왕왕 울리고 있었지만 열어둔 문 너머에서 엄마가 뭐 하나 궁금했던 아이가 살그머니 방으로 들어왔다. 하는 수 없이 나는 영화에 대해 설명해주고 나서 조금 있으면 다 끝난다고, 그러면 같이 놀자고 안심을 시켰다. 아이는 같이 보겠다면서 내가 누워 있던 침대로 올라왔다. 그렇게라도 내 것을 볼 수 있다면 고맙지 싶어서 나는 아이에게 중요한 장면마다 알아듣게 설명을 해주면서 기꺼이 함께 보았다. 아이로선 이해할 수 없는 외국영화였다. "이건 왜 그래? 뭐라고 그러는 거야?" 일일이 참견을 하면서 보던 아이는 조금 있다가 재미가 없어지니까 "엄마, 나 좀 봐, 이런 거 알아? 나 이런 것도 한다"면서 주목을 끌려고 애썼다. 뭐든지 집중하기를 좋아하는 나로선 엄청난 손해였지만, 그래도 아이의 맘을 알기에 일일이 고개를 돌려 대꾸해주었다. 그렇다고 '에라 그래, 나중에 보자' 하면서 내 것을 포기하지도 않았다. "이거 다 끝나가는데, 엄마 조금만 더 보면 이젠 안 볼 거거든, 조금만 기다려줄래?"라며 끈질기게 마무리를 향해 달려가는 내게 아이는 "알았어, 괜찮아" 하면서 기다려주었다. 그럼에도 계속 "엄마, 엄마" 하면서 옷자락을 잡아 당기며 나를 불렀다. 아이의 말이 서너 마디 반복될 때까지 질질 끌기는 했지만 그래도 매번 눈을 돌려 나는 아이를 쳐다보았다.

완전히 아이에게만 몰입된 반응은 아니었다. 하지만 건성으로 반응한 것도 아니었다. 매번 눈을 맞춰 아이의 말에 대꾸해주기를 수차례 하고 나자 아이가 넌지시 내게 물었다.

"엄마, 왜 저거 보다가 나를 쳐다봐?"

순간 어이가 없었다. 제가 쳐다보게 해서 쳐다보았는데, 아이는 도대체 무슨 말이 듣고 싶어 이런 질문을 하는 걸까? 나는 아이의 눈을 똑바로 쳐다보면서 솔직하게 대답해주었다.

"엄마가 보고 싶은 영화라서 열심히 보는데, 그러다가 네가 엄마를 부르면 엄마가 고개를 돌려 너를 이렇게 보지 않겠니? 그런데 널 이렇게 보면 엄마가 깜짝 놀라는 거야. 영화 보다가 잠깐 까먹었는데, 어쩜 이렇게 예쁜 아이일까, 너무 귀엽고 예뻐서 한참을 넋을 잃고 보는 거야. 그러다가 다시 영화를 보겠지. 그러다가 너가 엄마를 불러 다시 내려다보다가 또 깜짝 놀라겠지……."

말이 되는 건지 안 되는 건지 알 수 없었지만, 아이는 내 말을 이해한 것 같았다. 토씨 하나도 놓치지 않으려는 듯 내가 하는 말을 집중해서 듣더니 아이는 곧 흡족한 얼굴이 되었다. 잠시 아이와 나는 눈을 맞추고 침묵 속에 서로를 보았다. 아이의 눈동자에 가득 담긴 내가 보였다. 아이에게도 내 눈 속의 자기가 보였으리라. 미소를 지으면서 아이가 나를 꼭 껴안았다.

"난 엄마가 이 세상에서 제일 예뻐."

나도 아이를 꼭 껴안아주었다.

"나도 네가 이 세상에서 제일 예뻐."

그러고는 얌전히 같이 영화를 다 보고 나서 TV를 껐다. 우리는 함께 거실로 나가 숙제도 하고, EBS 프로그램도 같이 보고, 그림도 그렸다.

그날 본 아이의 두 눈과 표정을 나는 평생 잊을 수 없다. 아이가 내게 던진 질문도 마찬가지로 오랫동안 기억될 것 같다. 부스스 잠에서 깨어 서로 얼굴을 마주할 때, 조잘조잘 얘기를 하다가 문득, 혹은 노래를 부르며 같이 장난을 치다가 나는 아이의 두 눈을 깊이 들여다보면서 감탄을 한다. '이 아이란 존재는 참 신기하구나' 하고. 그러면 아이도 하던 짓을 멈추고 아무 말 없이 나를 바라본다. 내 마음을 읽기라도 하는 듯, 내 시선에 깊이 응한다. 말없는 그 몇 초 동안 우리는 많은 것을 나누는 것 같다. 우리는 도대체 무엇을 보는 것일까? 뭔가가 확인되는 순간이다.

치료실을 찾아오는 사람들 중에도 이러한 응시에 굶주린 사람들이 많다. "다른 사람의 눈에 보여지고 이해되며, 그럼으로써 존재한다"는 위니컷의 말은 아이들에게만 국한된 진실이 아니다. 배우자가 있음에도 연인을 원하는 비밀스런 마음이나, 사랑하는 가족이나 친구의 눈에 자신이 의미 있게 비치기를 바라는 마음, 스승이나 상사에게 인정받고 싶은 마음은 모두 자신의 존재감을 확인하려는 시도다. 타인의 삶에 동참하는 사회 활동을 하는 사람들도 자신을 필요로 하는 사람들이 자기 이름을 의미있게 불러주기를 기대하는 마음을 동기로써 가지고 있다. 유달리 눈맞춤(eye contact)이 강한 나는 그들이 갖는 응시의 갈망을 가슴 깊이 자극할 때가 많다. 처음엔 자신들의 거짓과 포장을 꿰뚫어보는 것 같다며 두려움 때문에 내 눈을 피하는 사람들도 많다. 그러다가 내 눈에 담긴 따뜻함을 믿게 되면 그 속에 비치는 자신들을 바라보는 즐거움을 누리기도 한다. 내가 눈을 덜 맞추는 날에는 섭섭하기도 하고 허한 마음이 들기도 한다. 오고 가는 말이 어긋나는 경우에도 눈을 보고 안심을 하며 확인받는 마음이 생긴다. 눈은 '마음의 창'이라고 했다. 입에서 흘러나오는 말은 거짓되거나 과장될 수 있지만, 눈의 표정은 진실만을 흘린다. 의식적으로 조작할 수 없는 신체의 부위라서 그렇다.

치료사가 내담자들의 말과 행동에 집중하여 몰입하는 것만큼이나 내담자들도 치료사의 모든 반응에 민감하다. 치료사가 딴 생각을 하는지, 말만 살아 있는 건지, 기술적인 거짓말을 하고 있는 건지, 진심으로 함께 하고 있는 건지 단숨에 알아내는 그들의 표정으로 나는 나의 진실성을 되비춰본다. 그들은 치료사가 자신들의 거울이 되어주기를 바란다. 스스로 확신이 없는 자기에 대한 정확한 반사가 되어주기를 바란다. 미움이나 수치심 때문에 스스로 왜곡시켜 바라보고 있는 자신을 있는 그대로 수용하여 따뜻하게 안아주기를 바란다. 신뢰와 애정으로 치료사의 눈에 비치는 자신의 파편들을 기꺼이 되받아 조각 맞추기를 한다. 그러다가 어느 날, 치료사의 눈에 반사된 자신의 모습이 진짜 자기임을 발견하게 되면 믿음으로 그를 확고히 취하게 된다. 김춘수의 「꽃」이 많은 사람들에게서 애송되는 시가 된 까닭도 '응시'와 '확인'이라는 자기 발견의 방식이 보편적이라서 그렇다.

> 내가 그의 이름을
> 불러주기 전에는 그는 다만
> 하나의 몸짓에 지나지 않았다.
>
> 내가 그의 이름을 불러주었을 때
> 그는 나에게로 와서 꽃이 되었다.
> 내가 그의 이름을 불러준 것처럼
> 나의 이 빛깔과 향기에 알맞은 누가
> 나의 이름을 불러다오.
> 그에게로 가서 나도 그의 꽃이 되고 싶다.
> 우리들은 모두 무엇이 되고 싶다.
> 너는 나에게 나는 너에게

잊혀지지 않는 하나의 의미가 되고 싶다.

이러한 응시가 부족한 사람은 끊임없이 '나의 의미가 무엇이냐?'고 외친다. 메아리 없는 그 외침은 가슴을 훑고 지나가 허공에 흩어진다. 허한 가슴을 긁는 그러한 자기 반문은 '너는 어디에도 존재하지 않아'라는 괴로운 속삭임으로 변한다. 참아낼 수 없는 그 고문을 멈추게 해줄 사람이 없을 때, 그는 자기가 존재하지도 않는 삶을 끊어도 전혀 아쉬울 것 같지 않다고 느끼게 된다.

영국의 화가 프랜시스 베이컨(Francis Bacon)은 주변 사람들을 거칠게 표현적으로 그린 초상화로 유명하다. 그러나 그의 초상화들은 자기를 비추어줄 거울을 찾는 그의 강박적인 노력이었는지도 모른다. 하지만 아무것도 반영해주지 않는 엄마의 두 눈처럼, 수많은 얼굴을 들여다보아도 화가는 그곳에서 자기를 찾을 수 없었을 것이다. 그래서 화가는 그들의 얼굴을 비틀고 일그러뜨렸다. 그의 자화상도 그처럼 일그러졌다. 무엇을 보아도 아무것도, 아무것도 보이지 않는다. 그는 거울을 깨버린다. 그러고는 미친 듯이 술을 마신다. 더 이상 아무것도 보고 싶지 않다. 그는 의식을 마비시킨다. 도대체 나는 누구란 말인가? 나는 살아 있는 것인가? 살 이유가 있는 존재란 말인가? 우연히 파리에 여행을 갔을 때 베이컨의 회고전을 보고 나는 충격을 받았다. 그리고 나중에 내가 그토록 연민을 느낀 이유를 알았다.

존재를 확인받기 위해 들여다볼 거울을 찾는 사람들에게 내가 하는 일은 내 두 눈을 제공하는 것이다. 그러고는 거짓없이 내 마음에 이는 대로 내 아이에게 한 말과 똑같은 말을 해주는 것이다.

◼ ◻ ◻ ◻　　프랜시스 베이컨의 그림

(1)

어디서도 자기를 비
춰줄 거울을 찾을
수 없는 작가는 결
국은 자기의 얼굴을
비틀어버린다.

(2)

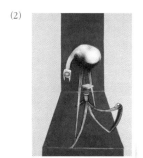

(3)

"나는 누구란 말인가? 나는 살아 있는 것인가? 살 이유가 있는 존재란 말인가? 누가 대답
좀 해줘요!" 이 그림들은 작가 자신의 절규처럼 들린다.

　"어느 날 깜짝 놀란 거예요. 당신이 거기에 그렇게 앉아 있어서요.
당신은 참으로 경이로운 존재입니다. 당신이 바로 당신이기 때문이
지요."

젖꼭지 무덤

성장을 하는 데 고통이 따르는 법이지만, 그것이 내 아이에게 적용이 될 때는 지켜보는 엄마의 마음이 아프다. 아이를 자라게 하는 일은 끝도 한도 없다. 모든 것이 결코 저절로 되지 않는다. 어린 때를 굵직하게 벗겨내는 일들을 너무 오랫동안 미뤄둬서도 안 되고, 서둘러서도 안 되고, 적당한 때에 적절한 방법으로 자연스럽게, 하지만 계획적으로 해야 한다. 젖병 떼기, 기저귀 떼기, 손가락 빠는 것 멈추기, 그 다음에는 손가락을 빼면서 과도기로 허락했던 젖꼭지 떼기, 유치원에 일상적으로 가는 것, 숙제하기, 정시에 일어나 아침 먹기, 식탁에서 제대로 앉아 식사하기, 저녁마다 세수하고 이닦기 등등. 서둘러 재촉하다 보면 서로 스트레스만 받기 때문에 천천히 적절하게 전환점을 노리면서 이벤트화하여 진행시키는 게 필요하다.

아이가 만 5세가 되었을 때 어떤 식으로든 함께 해결해야 했던 것 중 가장 힘들었던 게 젖꼭지 떼기였다. 아이는 그때까지 밤마다 젖꼭지를 입에 물고 잠들었는데, 편모 가정이라는 상황 속에서 정서적으로 많이 힘들어 하여 젖꼭지까지 떼게 하기는 정말 어려웠다. 간신히 날이 어두워지면 준다는 조건으로 젖꼭지를 사용하는 시간을 차츰 줄였다. 만 5세가 되는 해에 첫눈이 오면 떼기로 계획을 잡고 종종 약속을 상기시켜가면서 마음의 준비를 시킨 게 그동안 한 일의 다였다. 하지만 손가락 도장까지 찍으면서 했던 우리의 다짐을 상기시킬 때면, 아이는 "난 너무 조그맣고", "난 아직 아기인데" 하며 울상을 짓곤 했다. 그러면 안 된다는 것을 알아도 내 마음은 흔들렸다. 치료한다, 책 쓴다 하면서 나도 담배를 못 끊는 이 마당에 아이가 유일하게 의존하는 그 기분 좋은 것을 어떻게 떼게 하나 걱정이었다. 그러던 어느 겨울 밤이었다.

산타 할아버지 얘기가 나왔다. 나는 산타 할아버지가 낮에 전화를 주셨는데, 장난감 가게에서 선물을 두 개 골라놓으면 크리스마스 때 양말에 넣어주실 거라는 말을 전했다. 아이가 원하는 게 두 가지 있었다. 나는 이왕 이야기를 꾸민 김에 한번 찔러볼 요량으로, 아직도 아이가 젖꼭지를 물고 있느냐고 물으셔서 거짓말을 할 수 없어 그렇다고 했더니 할아버지가 난감해하시면서 "그러면 어쩌나, 애기 선물을 주어야겠군" 하셨다고 말해보았다. 그랬더니 아이도 난처한 기색이었다. "혹시 기저귀를 주시면 어쩌지? 우린 필요가 없는데……" 했더니, 아이는 단번에 젖꼭지를 입에서 빼면서 자기는 이제 이런 것 안 하니까 치우라고 했다. 정말 그럴 수 있겠냐고 물으니, 그렇다고 단호하게 대답했다. 크리스마스 선물의 막강한 매혹 때문이었겠지만, 이 기회를 잘 써야겠다 싶었다.

결국 둘이 난리법석을 피우며, 서둘러 산타 할아버지께 전화를 해서 젖꼭지 이제 안 하니 갖고 싶은 선물을 달라고 전화를 했다. 정말로 산타의 존재를 믿는 아이는 내가 시키는 대로 전화기를 들었다. 아이가 산타 할아버지 댁 전화번호가 뭐냐고 물어서 할아버지 이름을 세 번 부르고 전화기에 대고 말을 하면 다 들으신다고 설명해주었다. 산타 할아버지가 대답은 안 하셔도 이쪽 말은 다 들으신다는 내 말을 아이는 진심으로 믿는 듯했다. 어찌나 부끄러워하면서 전화를 하는지, 전화를 끊고 나서 이불 속으로 쏙 들어와 숨는 아이의 얼굴이 빨개졌다. "정말로 내 말을 잘 들으셨을까?"라며 걱정까지 했다.

이제 유아기를 완전히 벗어난 아이가 너무 측은하게 느껴졌다. 어쩌다 습관 때문에 '우리 애기'라고 부르면 자기는 이제 아기가 아니라 '언니'라고 당당하게 말하던 녀석이었다. 하지만 그래도 다리 하나는 언제나 유아의 영역에 걸치고 있었다. 그런 아이가 유아기의 마지막 끈을 스스로 놓은 것이다. 그렇게 하도록 유도한 내가 더 슬퍼졌다.

'아, 너도 이제 세상 밖으로 나가겠구나, 불쌍한 것……. 하지만 세상도 재미있단다. 보호받는 속에선 아무것도 할 수가 없지. 언젠가 네가 할 수 있는 것들이 훨씬 더 많아졌다는 것에 감사하게 될 거다.'

그러면서 젖꼭지가 그동안 좋은 친구로, 슬플 때는 위로도 많이 해주고, 잠이 안 올 때는 편안하게 잠자게 도와준 고마운 친구인데 그냥 버리지 말고 무덤을 만들어주는 게 어떻겠느냐고 넌지시 물어보았다. 아이와 나는 다음날 아침에 일어나 마당에 있는, 아이가 좋아하는 빨간 열매가 열리는 나무 아래 젖꼭지를 묻어주기로 의견을 모았다. 우리는 이불 위에서 땅을 파서 묻는 연습도 했다. 그리고 이 땅에서 사라진 고마운 젖꼭지에게 기도도 했다.

다음날, 신기하게도 첫눈이 내렸다. 나는 흥분해서 아이를 불렀다.

"예나야, 예나야. 어제 산타 할아버지가 예나 전화 잘 받으신 게 분명하다. 예나가 젖꼭지를 첫눈 올 때 뗀다고 했는데 어제부터 젖꼭지를 안 하니까, 산타 할아버지가 알겠다고 눈을 보내주셨구나."

아이도 신기해했다. 유리창에 코를 대고 하얗게 내리는 눈을 경이롭게 바라보았다. 그날 아침 우리는 유치원에 가기 전에 일대 의식을 치렀다. 삽이 없어 언 땅을 숟가락으로 힘들여 파고 그 속에 젖꼭지를 묻고는 그 옆에 눈사람도 만들어주었다.

하지만 아이는 그후로도 며칠동안 습관적으로 젖꼭지를 찾다가 땅에 묻었음을 기억하고는 눈물을 뚝뚝 흘리며 울었다. 들으라고 우는 게 아니라 정말로 슬퍼서 혼자 흐느껴 우는 것이었다. 다시는 젖꼭지 친구를 만날 수 없다는 걸, 그렇게 자기의 유아기는 지나갔다는 걸 인정하며 우는 아이의 등을 토닥거려주는 게 내가 할 수 있는 전부였다. 스스로 마음을 달래려고 애쓰면서, 그렇다고 손가락을 대용품으로 빨지도 않고, 제깐에도 노력을 엄청 하면서 아이는 제 손등을 대신 핥았다.

"엄마, 손등은 괜찮아?"

그 모습이 어찌나 처량한지, 순간적으로 찬장 어디에 숨겨놓은 젖병을 줄까도 싶었다. 하지만 아이가 저렇게 의젓하게 잘 참고 있는데 엄마가 망칠 순 없었다. 간간이 손등을 빨면서 아이는 성장의 고통을 우울한 표정으로 감내했다.

젖꼭지와 관련해서 운이 좋았던 나는, 내년의 계획을 다시 잡았다. 저녁에 씻기는 것도 정말 습관 붙이는 데 오래 걸렸지만, 아침에 이 닦고 세수하는 습관은 아직 자리잡지 못했다. 아침에 조금 더 일찍 일어나 씻고 움직이는 것을 목표로 삼으며, 일 끝내고 늦게 들어오는 엄마를 기다리지 말고 9시면 무조건 잠자리에 들자고 약속도 받아놓았다. 아이의 새로운 노력을 위해 나도 희생을 좀더 해야 할 것 같았다. 저녁에 일이 많은데, 익숙해질 때까지 되도록 일을 줄이고 같이 애써야 할 것 같았다.

그런데 젖꼭지를 무덤에 묻어준 뒤부터 아이는 '죽음'에 대해 적극적으로 탐구를 하면서 동시에 두려움을 표현하기 시작했다. 2년 전에 기르던 강아지가 죽었을 때 죽은 몸을 묻는다는 것에 관해 잠시 호기심을 보인 적은 있었지만 그때는 상황을 제대로 이해하지 못했다. 그러다가 1년 전쯤, 더 어려서 보던 「밤비」 영화를 다시 보고는 스토리상 엄마 사슴이 죽었다는 것을 이해하기 시작했다. 그 전에는 엄마가 사냥꾼의 총에 맞았을 때 어린 밤비가 우는 장면을 보고도 끝까지 엄마는 죽은 게 아니라고 주장하며 화를 내기도 했다. 나중에 밤비가 커서 사랑에 빠지는 여자 사슴을 보고 그게 바로 엄마라며 둘이 다시 사랑을 하는 거라고 고집을 폈다. 그러던 아이가 드디어 밤비 엄마의 죽음을 자연스럽게 이해했다. 그러면서 문득 아이는 자신이 '홀로 남는다'는 것에 공포를 느꼈다. 그날 이후 아이는 엄마도 죽냐, 할머니는 언제 죽냐, 자기도 그럼 죽냐는 질문을 자주 했다.

젖꼭지 무덤이 분명한 상실감을 주자 이번에는 죽음이 전과 다른 느낌과 강도로 온 것 같았다. 하지만 생각해보면, 자기 존재에 대한 확실한 느낌이 있으니까 죽음이라는 것도 공포로 다가오는 게 아닌가! 죽음에 대한 공포에 사로잡혀서는 안 되지만 죽음을 의식하는 자만이 삶도 충만하게 살 수 있다고 나는 생각한다. 그래서 아이의 죽음에 대한 공포를 자연스럽게 다루려고 했다.

그러나 태어난 이상 생명은 죽게 되어 있다는 것을 설명하는 것은 쉬운 일이 아니었다. 최대한 그것을 아름답게 각색하기 위해 "나이가 들면 늙어서 힘든 할머니 할아버지에게 이젠 더 편한 곳에 가서 살라고 천사가 내려와 하늘로 데려가는 거야"라고 설명해주었다.

"나중에 너도 늙어 죽으면 하늘에 와서 다시 가족들을 만날 거야. 엄마 아빠가 죽을 때쯤엔 너도 커서 사랑하는 사람과 결혼하여 아이도 낳을 거니까 혼자는 아니란다."

그런데 늙지도 않았는데 병들어 죽는 이야기가 아이가 보는 책이나 TV에 나왔다. 그것은 앞선 내 설명을 넘어서는 것이었다. 아이는 나쁜 악당이나 괴물을 무찔러 죽이는 영웅의 이야기에서처럼 병든 그들이 나빠서 죽게 된 것이라고 애써 이해하려 했다. 그렇다면 영웅은 어디 있는가? 늙고 힘든 할머니 할아버지가 아니어도 사고가 나거나 병이 나서 갑자기 죽을 수도 있다는 것을 설명하는 것은 정말이지, 난제였다. 아이는 그들이 나쁜 사람이라서 그런 거라고 계속 주장했다. 나는 나빠서가 아니라 아프거나 사고가 나서인데, 그것은 어쩔 수 없다고 대답했다. 아이는 왜 누구는 아프고 누구는 아프지 않냐고 물었다. '다 하나님의 뜻이란다'라고 말하면 아이가 이해할 수 있을까? 운명이 그렇게 지워져 있어 그렇다는 것을 아이가 어떻게 받아들일까?

"이 사람은 일찍 하늘로 불러야겠다, 와서 더 편하게 살라고 해야겠다라고 결정을 하는 분이 하늘에 계신데, 우리가 그러기 싫다고 해도 어쩔 수 없는 것이야. 이 부분은 네가 크면 스스로 알아봐."

그러자 아이는 겁에 질려 "엄마가 죽으면 나도 죽을 거야!"라고 울부짖기 시작했다. 예전에는 엄마가 언젠가 죽을 수 있다는 데 두려움을 느끼다가도 얼른 '그래도 난 아빠가 있으니까', 혹은 '할머니가 있으니까'라고 대안을 찾던 아이였는데, 이제는 따라 죽겠다고 말을 하는 것이었다. 나는, 엄마가 하늘에서 보고 있을 것이니까, 더 재미나게 오래오래 살다가 엄마를 만나러 와달라고, 그렇게 부탁하는 수밖에 없었다. 아이는 눈물을 뚝뚝 떨구었다.

마음은 아팠지만 그래도 아이가 자랑스러웠다. 가져본 자만이 상실을 느끼는 것이다. 나나 가까운 이들에 대해 그 사람의 존재를 분명히 가슴속에 가지고 애착하며, 긴밀한 관계의 끝을 걱정하고 있으니, 아이는 지금 자기 존재에 의심이 없고 상대를 깊은 애정으로 품고 있다는 뜻이다. 나는 아이의 공포를 서둘러 끄고 싶지 않았다. 그 공포를 삶에 대한 열정과 알찬 충만함으로 채워 나가기만을 바랐다.

내가 심리치료를 받기 시작했던 계기도 사실 부모님이 돌아가실 '때'가 멀지 않았다는 사실을 절감해서였다. 시카고에서 혼자 공부를 하고 있을 때 아랫니가 시려서 이를 닦다가 거울을 본 나는 잇몸이 내려앉으면서 에나멜 아래 시멘튬이 벗겨진 것을 보았다. 순간 내 자신이 늙어간다는 생각에 주체할 수 없이 가슴이 뛰었다. 인턴으로 병원에 미술치료를 하러 가서도 불안감이 사라지지 않아 급히 신경안정제를 구해 먹어야 했다. 내가 늙는다는 말은 곧 내 부모가, 특히 내 어머니가 나이가 들어 돌아가실 때가 다가온다는 뜻이기도 했다. 뛰는 가슴으로 내가 뱉었던 말은 "나는 아직 준비가 안 되었는데, 어떻게 하면 좋아. 난 아직 한 사람으로 설 준비가 안 되었는데……"였다. 이후로 난 늦춰졌던 마지막 성장을 했고, 독립된 한 사람으로 내 자리를 만들어갈 준비를 끝냈다. 결과를 생각해보면 기꺼이 지불할 만한 고통이었다.

나는 아이를 위해 조용히 기도했다.

'언젠가 너에게도 아프지만 스스로 성장에 박차를 가할 날이 올 거다. 그땐 엄마가 없어도, 너 역시 죽게 될 날이 있음을 의식해도 삶을 두려워하거나 피하지 않게 될 거란다. 아이야.'

친구를 찾아서

아이는 늘 함께 놀 사람을 찾다가 어느 순간부터 혼자 놀기 시작했다. 처음엔 매번 놀아주지 못하니까 엄마가 일을 끝낼 때까지 기다리려고, 아니면 조르다 조르다 일찌감치 포기를 하고 혼자 놀 것을 찾아나섰다. 처음엔 너무 안됐고, 미안했다. 그런데 좀 지나고 보니 어느새 아이는 자족적인 공간을 만들어놓고 그 속에서 자기만의 시간을 잘 보내고 있었다. 어떨 때는 방문을 잠그기까지 했다. 엄마한테 뭔가 화가 나서 못 들어오게 하는 건가 의아했지만, 그건 오해였다. 살그머니 안을 들여다보면 완전히 열중해서 어떤 때는 친구와 놀 듯이 낄낄거리고, 어떤 때는 심각한 표정으로 무언가를 하고 있었다. 내가 보고 있는 것을 뒤늦게 발견하고 화들짝 놀란 아이는 나를 훼방꾼 보듯 흘겨보곤 했다. 아이가 프라이버시를 원한다는 것을 느끼고 문을 닫고 나오다 보면 못내 섭섭해졌다. 아이는 내가 들어설 수 없는 영역에 한 발을 들여놓은 게 분명했다.

만 5세가 되었을 때는 유치원에서 돌아오자마자 현관문 앞에서부터 가방을 내팽개치고 "나 조금만 놀아도 돼?"라고 물었다. 내 대답을 듣기도 전에 아이는 방으로 달려가 바로 장난감통을 뒤집고 놀기 시작했다. 같이 놀아달라고 떼를 쓰던 게 옛날 얘기가 되었다. 이젠 내가 놀아달라고 부탁해야 할 판이었다. 그래도 엄마가 놀자고 하면 아이는 하던 것을 중단하고 기꺼이 달려와주긴 했다. 그러나 아이를 봐주는 사람의 경우는 좀 초라했다. TV에서 자기 프로그램을 보다가 긴 광고가 이어지면 그제야 아이는 자기를 봐주는 사람을 불러 방에서 고무공으로 야구를 하거나 배드민턴 연습을 하거나 했다. 그러다가 바로 즐겨 보는 만화영화가 시작되면, 언제 같이 놀았냐는 듯이 놀이 친구를 버렸다. 혼자 그림을 그리거나 인형놀이를 할 때 아이 봐주는 사람이 심심해서 함께 하려고 옆으로 오면, 자기 놀이에만 열중해서 무시하거나 아니면 "가서 컴퓨터 해, 난 여기서 놀고 있을게"라면서 정중히 거리를 확보했다. 우리는 아이의 새로운 변화에 다시 적응해야 했다.

사실 '홀로 있을 수 있는' 능력은 발달을 어느 정도 이룬 뒤에나 생기는 심리적 현상이다. 어른 중에도 혼자 있을 수 없는 사람들이 꽤 많다. 단순히 혼자 있는 것을 무서워한다거나 쓸쓸해한다는 말이 아니라, 자기 존재와 삶을 홀로 맞닥뜨리는 것을 피해 서둘러 사람들을 찾고, 사건을 찾고, 부산한 일거리를 찾아나선다는 뜻이다. 외부의 대상들과 자극이 없어도 만족한 상태로 있을 수 있으려면 그 사람의 내면에 좋은 사람들, 좋은 관계에 대한 굳은 심상(心像)이 있어야 한다. 선의(善意)의 유익한 환경에 대한 믿음이 있을 때 혼자 있어도 불안하지 않고 무섭지 않다. 자신의 욕구 때문에 아이에게 짐을 지우지 않고, 아이가 순수하게 자기를 이용할 수 있도록 항상 옆에 엄마가 있을 때, 아이는 가짜가 아닌 진짜 자기의 삶을 발견하여 분명한 실재감으로 홀로 있을 수 있는 능력을 키울 수 있다. 좋은 사람들에 대한 생생한 경험이 내면에 든든한 심상으로 형성될 때 비로소 아이는 대상이 따로 없어도 홀로 만족하며 있을 수 있게 된다.

아이가 만 한두 살 때 놀이터에서 혼자 뒤뚱거리며 놀던 때가 기억난다. 뭘 믿고 그러는지 아이는 참 씩씩하고 겁이 없었다. 나는 벤치에 앉아 아이를 보면서 원고나 강의 교재를 읽을 때가 많았다. 수시로 눈을 들어 아이를 살펴야 하기 때문에 읽기에 몰두할 수는 없었다. 딱히 할 일이 없으니 덜 지루하자고 가지고 온 자료들이었다. 아이는 혼자 놀면서도 자주 나를 눈으로 찾았다. 내가 어디 있는지, 자기를 보고 있는지 확인하는 듯했다. 수시로 나는 아이의 이름을 부르며 손을 흔들어 엄마가 옆에 있다는 것을 알려주었다. 그러면 아이는 안심을 하고 씩 웃으며 뭐든 새로운 것에 모험심으로 덤볐다. 위험한 상황이 될 것 같으면 바로 뛰어가 아이 손을 잡아주거나 뒤에서 받쳐주곤 했지만, 그렇다고 옆에 계속 있어주지는 않았다. 아이도 나를 굳이 자기 옆으로 부르지는 않았다. 그때 나는 엄마의 존재가 아이에게 참으로 큰 힘임을 알았다. 단지 존재한다는 것, 의심의 여지 없이 뒤에 서 있다는 것만으로도 아이는 자기 할 일을 제대로 할 수 있었다.

치료실에서는 나를 '비빌 언덕'이라고 부르면서 의지하는 사람들이 많다. 넘어지면 달려오고 언제든 뒤돌아보면 있어줄 것 같은 존재. 그들이 재경험을 통해 내면에 굳은 심상으로 박아두는 그런 존재다. 씩씩하게 앞으로 나가다가도 필요하면 와서 걸터앉아 쉬고, 비비고, 힘을 얻고, 그래서 다시 왔던 자리로 돌아갈 수 있게 해주는 안식처. 내 치료실은 그들에게 '베이스 캠프'이거나 '마지막 보루'다. 그 느낌은 내 아이가 놀이터에서 끊임없이 뒤돌아보며 나를 눈으로 찾는 것과 같은 느낌이다. 하지만 아이는 어느 순간 혼자 넘어지면 엄마가 달려갈 때까지 울면서 기다리지 않았다. 그냥 툭툭 털고 일어나 계속 놀거나 아니면 나에게 와서 다친 부분을 보여주며 위로해주기만을 바랐다. 그러다가 더 커선 자기가 실수를 해서 다치거나 하면 오히려 창피해하면서 방어막을 쳤다. 그럴 때는 나도 아이의 막 너머로 뚫고 가려 하지 않았고, 아이가 나를 필요로 하는 게 아니면 멀리서 그저 눈짓이나 손짓만으로 위로를 보냈다. 치료실에서도 내담자들에게서 그러한 변화를 본다. 자란다는 것은 그런 것을 의미하는 것이다.

하지만 아이의 혼자 놀이에는 한계가 있었다. 몇 개월을 혼자 노는 것에 익숙해진 아이에게 굳이 내가 적극적으로 뛰어들고 싶진 않았지만 아이에게는 그 다음의 한 걸음이 필요했다. 이제 아이는 또래들과 사회적으로 어울려야 할 시기였다. 나는 어떻게 하면 아이에게 지속적인 친구를 만들어줄 수 있을까 고민했다.

일단 유치원 선생님께 반 친구 전화번호를 받아서 일일이 부모들에게 인사를 하고 아이들을 집에 데리고 와도 좋은지 허락을 받았다. 평소 아이가 좋아하던 친구들과 가까운 친구들이 누구인지 파악하고 있던 터라, 그 친구들의 엄마나 할머니들에게는 좀더 친밀하게 인사해두었다. 관계를 터놓으면 언제든 그 아이들을 집으로 데리고 와서 놀게 할 수 있을 거라 생각했다. 그러나 엄마들의 반응은 '무슨 날이냐?'는 조심스러운 질문이 우선이었고, 그냥 친구들을 불러서 내 아이가 하루 재미있게 놀게 하려는 거라고 답하면, '어째서 이런 번거로운 일을 하려는 걸까?' 하고 어렵게 이해하는 눈치였다. 그 다음엔 되레 '미안해서 어떻게 하냐'며 불편해했다. 의외의 반응에 내가 이상한 건가 하고 되돌아봐야 할 지경이었다. 그들이 나와 같은 생각으로 적극 앞장서서 아이들끼리 친구 관계를 맺게 도와줄 성 싶지는 않았다. 그들 집에 내 아이가 초대될 것은 기대하지 않는 편이 나았다.

다음날 유치원 차를 타고 10여 명의 아이들이 집으로 몰려왔다.

"여기가 우리 집이야!"

한 무리의 아이들을 끌고 내 아이가 골목대장처럼 아파트 복도를 뛰어왔다. 하필 그날 아파트에 단수가 되었다. 하루 종일 물을 쓰지 못할 것에 대비해 나는 여기저기에 물을 받아두었다. 아이들을 일렬로 줄 세워 한 아이, 한 아이씩 목욕탕에서 손부터 씻겼다. 받아놓은 물이 새까매질 때까지 여러 손이 한 대야의 물을 거쳐 갔다. 아침부터 부산을 떨며 장만한 음식을 부페처럼 테이블에 늘어놓고, 모든 장난감을 마루에 펼쳐놓았다. 아이들은 탄성을 질렀고, 뻘뻘 땀을 흘리며 이 장난감에서 저 장난감으로 옮겨 다니며 놀았다. 맞벌이 부모 때문에 할머니 손에서 자랐다는 덩치 큰 남자아이는 내가 자기들을 위해 놀아주려고 대기하고 있는 모습이 감동적이었는지 "아줌마 멋져요!"를 연발했다. 집에 가서 애꿎게 자기 부모에게 불평 불만을 터뜨리면 곤란하므로 나는 티 안 나게 적당히 놀아주려고 신경 썼다.

그날은 하루 종일 다같이 법석을 떨며 잔뜩 어지르고 놀았다. 노느라고 정신이 팔려 음식엔 손도 안 대던 아이들은 "이제 집에 갈 시간 이다" 하니, 못 먹으면 손해라는 듯 그제야 허겁지겁 차린 것들을 먹었다. 컴컴해질 무렵 집집마다 다시 전화를 해서 아이들을 약속한 시간에 각자의 집으로 바래다 주었다. 유치원이 두 동네 사이 큰 길가에 있어서 아이들이 여기저기 흩어져 살고 있었다. 몸은 피곤했지만, 치료실에서 어른들과 씨름을 하는 것보다 훨씬 생기 넘치는 하루였다. 이제는 내 아이에게도 집에서 노는 친구들이 생길 수 있다는 생각에 나는 흐뭇한 마음으로 어질러진 집을 치웠다.

하지만 그런 날이 계속 이어지진 못했다. 엄마들끼리 친해서 개인적으로 양쪽 집을 왔다갔다 놀러갈 게 아니면 이런 식으로 매번 아이들을 초대한다는 것은 무리였다. 누군 초대하고 누군 초대하지 않을 수 없어, 날을 잡아 지난번처럼 다 데리고 오지 않으면 안 되었다. '잠시라도 아이를 집에서 떼 가주면 좋지' 생각하는 엄마 부류와 '다른 일정이 있는데 조금 귀찮다'는 식으로 반응하는 부류가 있었다. 물론 그렇지 않은 집도 있었지만, 내가 생각했던 것처럼 적극적으로 호응해주는 집은 없었다. 아이와 제일 친하다는 여자친구라도 개별적으로 확보할까 마음먹었는데, 그 아이는 바로 학원을 바꾸어 버렸다. 내 아이는 오래도록 그 아이를 생각하며 슬퍼했다.

두 동만 덜렁 있는 아파트에는 토박이 마을 어른들과 뜨내기 젊은 부부의 두 부류가 살고 있었다. 고령층의 집에는 당연히 어린애들이 없었고, 젊은 부부들은 너무 잦게 이사를 나가고 또 들어왔다. 모든 것이 너무 유동적이고 바쁘게 변화했다. 친구를 진득이 사귄다는 것이 거의 불가능한 환경이었다. 결국, 노력을 해보았음에도 내 아이

옆에 남게 된 친구가 없었다.

문제는 요새 아이들이 너무 바쁘다는 것이었다. 이 학원 저 학원으로 쉬는 틈 없이 돌아다니는 원생들이 많았고, 아이의 유치원에서도 종일반을 다니는 친구들이 많았다. 내 아이는 오전 9시 반에 집을 떠나 2시쯤 유치원에서 돌아왔는데, 아이가 집에 올 때는 아파트 안의 놀이터가 텅 비어 있었다. 엄마들이 차로 아이들을 데리고 다니는 경우가 많아, 엄마가 바쁘면 곧 아이들도 시간이 없는 것이 되었다. 한가하게 골목 앞에 나와 서성이거나 노는 아이들이 없었다. 걸어 다니기보다는 유치원 버스나 자가용으로 이동들을 하니, 서로 얼굴을 볼 일이 없었다.

그러다가 유치원 새 친구 중에 아파트 옆동에 사는 남자아이가 있음을 뒤늦게 알게 되었다. 아이 엄마가 무척 편하고 말이 잘 통하는 사람이라 금세 가까워졌다. 그러나 그 친구는 종일반에 있어서 저녁에만 숙제를 잠깐 하러 놀러왔다. 그래도 그나마 다행이라 생각했다. 하지만 우리는 한 달 뒤에 이사를 할 계획이었다.

집을 옮기면서 제일 궁금했던 것은 새 이웃에 어린아이들이 몇 명이나 있는가였다. 이사를 온 골목이 마음에 들었던 이유는 오랜 주택가라서 사는 사람들 대부분이 몇 십년씩 한 자리에 사는 사람들이라는 점이었다. 이웃이라는 개념이 노력만 한다면 다시 만들어질 것 같았다. 이사를 간 첫날부터 나는 나름의 호구 조사를 했다. 이웃의 안전을 위해서도 그 골목에 누가 사는지 파악해두는 게 필요했고, 이왕이면 통성명을 하고 친하게 왕래할 수 있는 사이가 되면 더 좋을 것 같았다. 그러나 그 골목에 사는 이들은 노인들이 대부분이었고, 새로

생긴 연립주택이나 원룸으로 개조된 집에는 대부분 학생들이 들어와 있었다. 안타깝게도 어린아이들은 없었다. 나이 차이가 좀 나는 아이들이 골목 안에 한두 명 있다고 했는데, 아무리 기다려봐도 그들의 모습은 눈에 띄지 않았다.

그렇다면 이제 선택은 새로 이사간 동네로 유치원을 다시 옮기는 것이었다. 그러면 가까운 곳에 사는 친구들을 몇 명은 알게 될 거고, 노력 여하에 따라 '동네 친구'를 우리 아이에게도 만들어줄 수 있을지 몰랐다. 그러나 2년이 넘도록 사귄 친구들을 유치원을 또 옮겨 잃게 한다면 아이에게는 더 큰 충격이요 상실일 것 같았다. 하는 수 없이, 전보다 더 멀어지긴 했어도 같은 유치원을 고수하기로 했다. 대신 다른 방법을 더 찾아보기로 했다.

그래서 아이의 옛 아파트 친구에게 영어를 가르쳐줄 테니 일주일에 한 번씩 오라고 제안을 했다. 유치원에서 두 아이는 자기네들끼리 결혼을 약속한 단짝이 되어 있는 터였다. 일을 하면서 어떻게 그런 시간을 내겠냐고 그쪽 엄마의 걱정이 있었지만, 이미 하루를 완전히 비워두고 아이를 위해 움직이기로 생각한 뒤였다. 그래서 매주 한 번씩 아이의 남자친구가 영어를 배우러 집으로 왔다. 물론 영어를 너무 버거워해서 나중엔 그냥 놀러오는 것으로 바꿔야 했다. 하지만 그 방문은 우리에게 귀한 것이었다. 그런데 이번에는 갑자기 그 친구가 다시 강을 건너 멀리 이사를 가게 되었다. 내 아이는 섭섭했는지 그 친구가 이사를 가기 전에 남자친구를 바꿔버렸다. 아이를 탓할 수는 없었다. 그런데 새 남자친구는 영어학원이다 뭐다 교육열에 불탄 엄마가 아이를 노상 끌고 다녀서 가까워질 틈이 전혀 없었다.

하는 수 없이 나는 아이의 생일 파티를 빙자하여 다시 유치원 친구들을 초대했다. 신나게 놀고 나서는 또 엄마들 시간에 맞춰 집으로 데려다 줘야 했다. 너무 허탈했다. 무슨 좋은 수가 없을까?

다시 우리는 오후만 되면 차를 타고 공원으로 달렸다. 한 자리에 오래 앉아 있는 가족에게 넉살 좋은 내가 자연스레 접근해 친구가 되었다.

"어디서 오시는 거예요? 언제 또 나오시나요? 아이들 사진 찍은 것을 이메일로 보내드릴게요. 다시 이곳에 나오면 연락하세요. 그러면 저희도 나올게요."

그러나 말을 튼 것은 그 순간뿐, 한두 번 메일이 오고 가면 바로 연락이 끊겼다. 공원에서 만나는 아이들은 순간의 친구일 뿐이었다. 아쉬운 마당에는 물론 그런 사귐도 마다할 수 없었다.

나는 좀더 장기적인 안목으로 재탐색에 나섰다. 누가 우리 아이에게 친구가 되어줄까? 결국 아동미술치료그룹에서 수개월 동안 함께 작업을 한 동네 아이와, 이미 치료를 끝내고 개인적으로 가까워진 옛 내담자의 아이와 일요일마다 공원으로 놀러 다니기로 계획을 바꾸었다. 둘 다 남자아이였다. 동네 아이는 엄마가 일을 해서 늘 내가 데려가고 또 데려다 주어야 하는 번거로움이 있었다. 하지만 그 정도는 기꺼이 하겠다고 마음먹었다. 그런데 곧 그 아이네 사촌이 한 집으로 이사를 와서 그 아이는 같이 놀 형제가 생겨서 그런지 놀러 가자고 해도 싫다고 할 때가 많았다. 남은 아이는 이제 내담자의 아이뿐이었는데, 그 꼬마는 내 아이보다 한 살 어렸고, 스타일이 틀려서 만나면 잘 지내긴 해도 그다지 좋은 놀이 친구는 못 되었다. 엄마들과 관계가 좋으면 아이들이 안 맞고, 아이들이 잘 맞으면 엄마들과 어울리기 힘들었다.

어렸을 때 동네 친구들과 이리저리 어울리며, 고무줄이다 뭐다 캄캄해질 때까지 신나게 뛰놀면서 "밥 먹어라! 이제 그만 놀고 들어와라!"라는 엄마들 잔소리에 귀를 막던 시절이 문득 그리워졌다. 물론 어른이 되어서까지 만나지는 않았지만, 그래도 그때를 떠올리면 또렷이 기억나는 얼굴들이 있다. 나는 내 아이에게 너무 미안했다. 내 탓만은 아니지만, 그래도 아이에게 필요한 환경과 자원을 제공해야 하는 엄마로서 책임을 느꼈다. 아이에게 동생을 낳아주지 못한 것 역시 몹시 미안했다. 그래서 "어른 말씀을 잘 들으면 자다가도 떡을 얻어먹는다"는 속담이 있는 것일까? 외로워서 안 된다고, 형제는 있어야 하는 거라고 내 아이를 볼 때마다 압력을 넣으셨던 옛 아파트 할머니들 말씀이 아프게 가슴을 후볐다.

"밖에서 친구들을 사귀면 되지, 꼭 형제가 있어야 하나요. 전 이제 힘들어서 아이 못 나요. 이미 나이가 많은걸요"라고 발뺌만 했는데, 이미 늦었다. 그나마 다행인 것은 내 아이에게도 배다른 여동생이 있다는 것이다. 하지만 아이가 만 5세가 되자마자 아빠가 가족을 데리고 외국으로 나가서, 두 자매는 자라나는 문화도 달랐지만 얼굴을 마주할 기회도 없었다.

이제 기대할 수 있는 것은 아이가 초등학교에 들어가 학교 친구들을 사귀는 일뿐이었다. 자기네들이 알아서 움직일 수 있는 나이일 테니 그때는 엄마들 사정으로 사귐에 한계가 있을 것 같지는 않았다. 나는 다짐하고 또 다짐을 했다.

'아이가 친구네 가거나 친구들을 데리고 오면 절대로 잔소리를 하지 말자.'

어쩌면 그때도 아이들은 내 아이만 버려두고 학원으로, 문화센터로 바삐 다닐지도 모른다. 순전히 친구들을 사귀라고 내 아이도 학원으로 보내야 하나? 혼자 노는 아이를 바라보면서 나는 한편으로는 아이의 성장에 뿌듯했지만, 또 한편으로는 못내 허전한 맘을 금할 길이 없었다.

맘대로 예나도 예나인데

"자, 우리 어린이, 오늘 하루 무엇을 잘못했고 무엇을 잘한 것 같아요?"

아이에게 건강한 자의식을 키워주려고 나는 잠자리에 든 아이에게 하루를 정리할 시간을 주었다. 흥미롭게도 아이가 잘못했다고 말하는 것에는 엉뚱한 것들이 많았고, 잘했다고 생각하는 것에는 뜬금없는 게 많았다. 아이는 자기 행동을 잘 인식하지 못하는 것 같았다. 아니 어쩌면 부모와 전혀 다른 시각을 가지고 있었다고 말해야 옳은 것인지도 모르겠다. 나는 아이가 기억하지 못하는 것들을 보충해주며 잘한 것과 잘못한 것들을 구분해주었다. 물론 잘못한 것보다는 잘한 것을 찾기가 쉽지 않아 그쪽에 더 신경을 썼다. 학교 갔다 와서 바로 숙제부터 했다든지, 군소리 없이 이를 닦았다든지, 과자를 사달라고 떼쓰다가 금세 그치고 마음을 추슬렀다든지 하는 사소한 것들을 많이 강조했다. 그런데 아이는 며칠 해보더니 자기를 돌아보기를 지겨

위했고, 나도 가끔은 바쁘고 지쳐서 그 일을 생략해버릴 때가 많았다. 그 일은 습관화되지 못하고 어느 날부터 슬그머니 사라졌다.

아이가 어렸을 때에는 밤마다 침대에서 이야기를 들려주곤 했다. 이미 잘 아는 동화를 새롭게 각색해서 들려줄 때가 많았는데, 가끔은 '2001호 예나'(우리는 2101호에 살았다) 이야기를 즉석에서 만들기도 했다.

"옛날에 옛날에 ○○아파트 2001호에 예나란 아이가 살았어요. 예나는 땀이 너무 많이 흘러서 몸이 끈적거리는데도 이상하게 목욕을 안 하겠다고 떼를 쓰며 울었어요. 2001호 예나 엄마는 그러면 냄새도 나고 땀띠가 나서 예나가 잠이 잘 안 올 거라고 타일렀지만, 무슨 일인지 예나는 엄마 말을 듣지 않았어요. 엄마가 달래면서 목욕을 하자고 하면 이리저리 도망을 다니면서 에엥~ 에엥~하고 울었어요."

이 대목에서 아이는 언제나 "그애는 애긴가 봐. 응에~ 응에~ 우네"라면서 또 다른 자기를 남인 양 놀렸다. 그날 그날 잘못한 일을 같은 이름의 옆집 아이에 빗대어 들려주니 제3자의 시각에서 아이가 자기 모습을 어떻게 보는지를 엿볼 수 있었다.

"그렇지? 네 살인데 그애는 애기인가 봐. 2101호 우리 예나하고는 너무 틀리네. 우리 예나도 네 살인데 목욕도 잘 하고, 떼쓰며 울지도 않는데" 하면, 아이는 묘한 얼굴을 지으며 한편에선 자기를 자랑스러워하고 또 한편에선 미안한 얼굴을 했다. 아이는 2001호 예나 이야기를 끝까지 진지하게 들었다. 처음엔 이 스토리의 영향력이 컸다. 다음날 비슷한 상황이 오면 아이는 행동을 바꾸고 "2001호 예나는 이렇게 하지 않지?" 하면서 자기의 월등함을 자랑했다.

그런데 만 5세가 되니 아이는 더 말을 안 들었다. 어떻게든 올바르게 통제해보려는 엄마를 슬슬 약 올리기까지 했다. 나는 자신이 얼마나 제멋대로인지 아이가 자각할 수 있기를 바라면서 멋대로 예나말고 성실한 예나가 보고 싶다고 말을 흘렸다. 아이는 찔끔하면서 행동의 기세를 좀 누그러뜨리는 것 같았다. 그러던 어느날 "어이구, 또 멋대로 예나네. 오늘은 너무 오래 간다. 성실한 예나는 어디 있니? 성실한 예나야~!" 하고 부르는 시늉을 했다. 그러자 아이는 기어들어가는 목소리로, 그리고 조금은 불만에 찬 목소리로 "하지만 이것도 난데"라고 말했다.

순간 뒤통수를 맞은 것 같은 얼얼한 기분이었다. 내가 아이에게 지금 분열을 조장하고 있는 건가? '멋대로 예나'라는 말에는 엄마의 편의에 따른 비난의 뉘앙스가 풍긴다. '멋대로'보다는 '맘대로'란 말이 더 긍정적이고 바람직하게 들린다. 나는 얼른 사태 개입에 나섰다. 진지한 얼굴로 아이를 앞혀놓고 설명을 했다.

"예나야, 엄마 눈 똑바로 봐. 아니, 엄마가 할 말이 있어. 자, 서로 얼굴을 보고 얘기하자. 엄마는 '맘대로 예나'도 좋고 '성실한 예나'도 좋아. 맘대로 예나는 가끔 엄마 말을 안 들을 때가 있지만, 씩씩하고 창의적이고 반짝반짝 빛나는 아이야. 그래서 엄마는 맘대로 예나 때문에 힘들 때가 있어도, 사실은 맘대로 예나를 무척 자랑스럽게 생각한단다. 자기 맘 가는 대로 멋지게 움직여보는 건 좋은 거야. 그런데 언제나 맘대로 예나로만 살 수는 없어. 어떨 때는 성실한 예나가 나와서 맘대로 예나를 도와줘야 해. 그래야 해야 할 일도 하고 자랑할 일도 많아지는 거야. 엄만 그래서 성실한 예나가 참 고마워. 그런데 맘대로 예나가 언제 나오고 성실한 예나가 언제 나와야 할지 모르겠지? 지금은 성실한 예나가 더 도움이 많이 될 것 같다. 엄마 생각을 너에게 가르쳐줄게. 너도 생각해보고 그런 것 같으면 그렇게 하자."

아이는 내 말을 알아듣는 것 같았다. 하지만 더 듣고 싶지 않다는 듯 엉덩이를 빼더니 자기 이불 속으로 들어갔다.

나중에 맘대로 예나는 필요한 때 알아서 성실한 예나에게 바통을 넘겨주었다. 가끔은 자리다툼을 하기도 했지만, 그럴 때는 어느 예나가 도움이 될 것인지를 내가 이야기해주곤 했다. 물론 아이의 여러 측면들을 이런 아이, 저런 아이로 규정하는 폐단을 무시할 수 없었다. 하지만 어차피 아이도 살면서 내내 자기 안의 여러 측면들을 만나고, 갈등하고, 힘 겨루고, 이용하고, 활용하고, 조정하면서 살게 될 것이다. 언젠가 내 아이에게도 융 심리학의 핵심을 가르치게 될 날이 오면 좋겠다고 생각했다.

인간은 전일(全一)적인 존재로 태어난다고 융은 말했다. 단 하루만 살아도 그 전일성은 깨지게 마련이다. 정신은 기본적으로 서로 반대되는 특성을 가진 대극들로 — 예를 들면 의식과 무의식, 자아와 '그림자', 사회적 역할로서의 얼굴인 '페르소나'와 숨겨진 얼굴인 '아니마/아니무스' 등 — 쌍을 이루고 있는데, 삶에 적응하는 과정에서 그것들이 서로 보완하고 충돌하면서 끊임없이 정신적 에너지를 흘려보낸다. 전일성을 가지고 태어났다고 해도 우리는 애초의 분열되지 않은 통합 상태로 돌아가고자 끊임없이 노력해야만 한다. 현재의 인격보다 큰, 미래에 드러날 나, 내면에 숨겨져 있지만 아직 드러나지 않은 채 삶을 이끌어가는 온전한 전체로서의 나를 상정한 융은 그것

〈천국과 지옥〉. 1960년작.
에서(M. C. Esher)의 목판
화. 선과 악, 빛과 어둠이
서로의 모양을 구성하고 유
지해주면서 원 안에서 공존
한다.

을 '자기'라고 불렀다.

정신의 대극 구조를 보면, 한 성향이 지배적으로 작동할 때 그 반
대는 무의식으로 옮겨져 제대로 발달하지 못한 채 열등하고 원시적
인 성향을 띠게 된다. 일단 그렇게 되면 자기 안에 이미 잘 발달되어
있는 요소를 사용하는 것이 상황 적응에 더 유리하다. 그래서 그 사
람은 그 하나의 요소 혹은 기능을 일방적으로 발달시키게 된다. 그러
나 그것은 애초의 전일성에 위배되는 것이다. 그래서 내면에 점점 더
심한 분열을 초래한다. 정신의 일방성은 위험한 것이라고 융은 강조
했다. 그에 의하면, 정신적 문제나 장애가 되는 증상들은 억압되거나
무시된 정신 요소들이 반동적으로 표출된 것이다. 정신 질환적인 여
러 증상들과 꿈은 그 사람의 억압되고 무시된 요소들이 전체 정신에

자신들을 다시 통합해달라고 보내는 신호와 같은 것이다. 그것은 전일성을 다시 회복하기 위한 인간의 본성적인 노력이다.

우리는 보통 환경이 우리에게 기대하는 바에 부응하려 한다. 그러기 위해 어떤 주된 태도를 가지고 자기에게 가장 잘 발달되어 있는 기능을 사용한다. 그 결과, 그 기능은 자꾸 쓰여져서 다른 기능들보다 더 발달하게 된다. 잘 분화된 기능은 그 사람이 사회에서 생활하는 데 유리한 가능성을 더 많이 부여한다. 그러나 그것이 개인적인 삶에 필요한 만족이라든지 기쁨을 준다고는 장담할 수 없다. 발달되지 못해서 무의식에 섞여 유아적이고 본능적이고 원시적인 것이 된 열등 기능은 전혀 기대하지 않은 순간에 갑자기 튀어나와 그 사람을 당황하게 만든다. 일방적인 특성으로만 나아가는 것을 보상하고자 하는 정신의 독특한 성향 때문이다. 성장한다는 것은 잘 발달된 기능만을 계속적으로 강화시키는 것을 의미하지 않는다. 자기에게 있는 모든 측면을 균형 있게 발달시키는 것, 그것이 중요하다.

내가 치료실에서 하는 일은 결국, 일방적으로 발달시킨 정신 기능이 자기 삶에 야기시킨 문제들을 내담자들 스스로 인식하도록 돕는 것이다. 일단 문제들을 인식하고 나면 삶에 대한 자신의 태도를 변화시켜 온전한 전체로서의 균형 상태에 다다르게 돕는다. 평소 조명을 받아 분명하게 인식되고 활용되고 추구되어온 부분들과 자기 안에 그늘진 혹은 그림자에 가려진 부분들을 모두 자기라고 인식하고, 그것들이 서로 화해하도록 돕는 것이 치료 작업이다. 그림자에 가려진 부분들이 왜 그렇게 그늘 속에 숨게 되었는지를 삶의 역사를 통해 이해하고, 그것이 정말로 수치스럽거나 불필요한 부분인지 지금의 상황 속에서 재평가하며, 적당히 그에 빛을 쪼여 환한 대낮의 삶에 그 부분들을 조화시키는 게 나와 내담자가 하는 일이다. 정신의 발달은 내부에 있는 모든 대극적인 요소들이 조화를 이룰 때 더욱 촉진된다. 그래서 심리치료에서 '통합'이라는 것은 아주 중요한 개념이다.

내 아이도 이미 자기 안의 대극을 인식해가고 있다. 그 모든 부분이 골고루 발달하여 아이의 인격이 유동적인 전체가 되게 통합시켜야 하는데, 그런 점에서 내 아이의 그 한마디는 정말 중요한 말이었다.

"이것도 난데……."

자기의 여러 측면들에 대해 외부로부터 가치 판단을 당하기 전에 스스로 먼저 그 모두를 끌어안고 그것들이 서로 조화롭게 움직일 수 있도록, 앞으로 살아가면서 아이가 자기를 통합적으로 인식하고 행동하는 법을 스스로 터득해가기를 나는 마음속으로 빌었다.

딸을 키우는 심정

딸 아이를 키우면서 제일 걱정이 되는 것은 아이의 성(性)적 취약함이다. 자신의 성과 관련된 행동 양식과 태도를 엄마가 아이에게 물려주기 쉽다는 점을 생각할 때, 여성이라는 내 정체성을 오랫동안 아파하면서 치유하고 다듬을 수 있었던 건 내 아이에게 다행한 일이다. 그럼에도 나는 영화 「돌이킬 수 없는」을 보고 3시간 넘게 흥분하여 욕을 지껄이고 불안 때문에 잠을 설쳤다. 강간이 여성의 심리에 얼마나 깊이, 낫기 힘든 생채기를 내는지 치료실에서 늘 경험하기에, 이미 아줌마가 된 나 자신에 대한 불안보다는 아이에 대한 불안으로 그 영화의 내용에 너무나 견뎌낼 수 없었다.

강간범을 찾아내 그 머리통을 커다란 소화기로 짓이겨버린 영화 속 주인공에 동일시하면서 나는 천장까지 닿도록 펄쩍펄쩍 뛰고, 공격적으로 울부짖고, 발버둥쳤다. 내 아이를 그렇게 건드리는 놈이 있으면 내 모든 삶을 다 접고 끝까지 찾아가서 죽여버리겠다고, 그래서 감방을 가든 사형을 당하든 이후의 결과는 달게 받겠다고 사나운 다짐에 다짐을 했다. 흥분이 가라앉자 나는 슬펐다. 잠든 내 아이의 머리칼을 쓰다듬으며 아이가 여자라는 것을 마음 편히 즐기며 행복해할 수 있기를 간절히 기도했다.

성희롱과 폭행의 경우가 대부분 그렇지만, 우리나라에서는 특히 아동을 대상으로 하는 성폭행에 대해서는 범인들이 죗값을 치르지 않는 것 같다. 수사 절차나 복잡한 법적 진행이 아이를 보호하지 못해 순전히 자기 아이를 생각해서 부모들이 도중에 일을 무마하는 경우가 많다.

몇 년 전, 유치원에서 일하는 남자에게 성적으로 폭행을 당한 어느 아이의 엄마가 눈물로 호소하는 글이 인터넷에 떠돈 적이 있었다. 과장된 것이든 가짜든, 그 글을 읽으면서 나는 내 불쌍한 내담자들의 눈물어린 얼굴이 하나하나 머릿속에 스쳐지나갔다. 그리고 그들을 돌봐야 하는 치료사로서, 한 아이의 엄마로서 법에 호소할 수 없다면 이런 문제만큼은 내가 나서서 처리하겠다고 이를 갈며 들끓는 분노를 자제하지 못했다.

내 치료실을 찾아오는 여성의 5분의 1은, 정도의 차이는 있지만 어린 시절에 경험한 성적 충격으로 아파한다. 현재까지 살면서 고통스러운 부당한 성적 경험을 포함시키면 대부분의 여성 내담자들이 다 그렇다고 말해야 한다. 그것은 온몸에 기억된 상처로, 의식을 하거나 않거나, 극복했다고 믿거나 아니거나, 대인관계에 있어서의 문제나 삶에 대한 전반적인 불안으로 나타난다. 직접적인 영향으로 본다면 연애를 하거나 결혼생활에서도 문제로 나타난다. 간접적으로는 자기 자신에 대한 자존감을 근본적으로 낮게 떨어뜨리고, 통제 성향을 강하게 한다거나 오히려 거꾸로 무질서하게 만들기도 한다. 성폭행을 당한 여성은 사람을 믿을 수 없을 뿐만 아니라, 자기 자신도 믿을 수 없고, 삶도 믿을 수 없다. 자기 몸에 대한 생생한 느낌을 죽여서 신체적 감각에서 오는 현실감을 놓치는 경우도 많다. 몸이 지나치게 마르거나 체중 과다이기도 쉽다. 또한 대부분의 경우 아웃사이더 의식을 가지고 있고, 피해의식 때문에 주변에 예민하며, 그러면서도 막상 벌어지는 일 속에서 자기 자신을 방어한다는 것이 뭘 뜻하는 건지 잘 모른다.

그들의 유일한 방어는 심리적으로 지나치게 높은 벽을 쌓는 것이다. 그 결과로 전보다 더한 고립감을 키우게 된다. 그중에는 똑똑한 여성도 있고, 강한 여성도 있다. 그러나 그들의 의식이 어떤 삶을 선택했든, 그들 몸 구석구석이 기억하는 상처가 그들을 자꾸만 넘어뜨리고 움츠러들게 한다. 그들은 자기 몸에 대해 편치 않다. 남성에 대해서와 마찬가지로 그들은 여성에 대해서도 갈등이 많다. 자기 정체성의 중요한 부분인 신체와 성(性), 그리고 그로 인해 파생되는 수많은 역할들에 그들은 자연스럽게 길들여지기 힘들다.

나 역시 강하고 똑똑하게 살아왔지만, 그 모든 것을 한번에 무너뜨릴 수 있는, 여자라는 내 취약한 몸뚱어리를 저주하며 분노했던 시간이 길었다. 성폭행이나 농락을 경험해보지 않은 여성이 세상엔 오히려 적을 것이다. 나 역시 잊혀지지 않는 몇몇의 경험이 있는데, 내가 지불해야 했던 부당한 대가는 대인 공포증이었고, 삶에 대한 회의였다. 길을 걷다가 누가 옆을 스쳐 지나가기만 해도 비명을 지르며 엉덩방아를 찧는 자신을 보며 나는 내 몸에 각인된 깊은 공포에 무기력해졌다.

내가 선택한 삶은, 그럴수록 더 내 자신을 세상을 향해 열어두는 것이었다. 긍정적인 측면의 가능성에 나를 열어두려면 삶의 부정적인 측면이나 위험에 대해서도 마찬가지로 열려 있어야 했다. 나는 용기 쪽을 택했고, 그래서 더 지불해야 할 아픔과 상처가 늘어났지만, 그만큼 사랑과 빛도 많이 보았다.

그러나 세상과 내 자신에 대한 불안 자체를 삶의 일부로 받아들이는 데는 시간이 더 오래 걸렸다. 나는 삶의 변수와 변화와 위험을 그 자체로 인정하고 받아들였다. 그리고 그에 따라 내 자신도 끊임없이 변화되고 불안정해질 수 있다는 것을 수용했다. 내가 할 수 있는 유일한 노력은, 살아 있다고만 한다면, 내게 떨어지는 어떤 것으로부터도 배울 수 있다고 다짐하는 것뿐이었다. 나는 불안정함 속에서 성장하기를 선택했다. 그리고 그건 내 삶을 아주 많이 바꿔주었다.

하지만 그것이 내 아이의 문제가 되자 나는 입장이 달라졌다. 내 자신은 모든 경험으로부터 배울 수 있지만, 내 아이는 내가 아니므로 불안하기만 했다. 앞으로 펼쳐질 삶에서 아이가 아파할 때, 특히 자신의 선택이 아닌 것들 속에서 부당하게 상처를 입게 될 때, 내가 그것을 얼마나 잘 견디고 지켜볼 수 있을지는 장담할 수 없었다. 그러나 나의 불안이 아이의 삶을 구속하는 제약이 되면 곤란하다는 것을 알고 있었다.

만화영화 「니모를 찾아서」처럼 자신의 삶에 대한 불안과 회의를 이제 막 자라나는 자식에게 물려줘서는 안 된다고 생각했다. 현실의 위험에 대처할 수 있도록 마음의 준비는 늘 하고 있되, 영화 「인생은 아름다워」처럼 아이에게 이 세상이 살 만한 곳이라는 믿음을 가르치고 싶었다. 왜냐하면 우리를 분노하게 하는 것들은 여전히 존재하지만, 실제는 그래도 살아볼 만하기 때문이다. 나는 현실감이 모자란 사람이 아니다. 그럼에도 세상을 여전히 아름답다고 생각한다. 그런 의미에서 영화 속 아버지는 세상에서 가장 훌륭한 부모였다고 생각한다. 전쟁이라는 통제 불능 상황에서 자기는 죽어가면서도 아이를 세상으로부터 안전하게 지켰기 때문이다. 단지 목숨을 살린 것이었다면 그렇게까지 감동적일 것도 없다. 그런데 그 아빠는 아이의 건강한 심리를 지켰다. 그건 목숨만큼 중요한 것이다.

그러나 안타깝게도 나의 내담자들의 부모는 그렇지 못했다. 아이를 애초의 위험으로부터 보호해주었어야 했다고 그들을 욕할 수는 없다. 최선을 다해도, 어느 부모나 그 부분에선 자신이 없을 것이다. 하지만 아이의 변화를 눈치채지 못했다는 것, 여러 가지로 신호를 보냈음에도 아이가 말을 안 했기 때문에 몰랐다는 것, 그리고 더 기가 막히게는, 나중에 벌어진 일을 듣게 되었을 때 '잊으라'든지 '어쩔 수 없다'와 같은 무기력한 대답만을 들려주었다는 건 같은 엄마로서 용서할 수 없다. 되레 충격이나 죄책감 같은 자기 감정에만 빠져 아이에게 곱절의 상처를 주는 부모도 있다.

위험으로부터 아이를 지킨다고, 노심초사 불안 초조해하는 것으로 자기 역할을 다하고 있다고 안심하면 안 된다. 부모의 지나친 불안은 아이의 성장을 막을 뿐이다. 그보다는 아이가 피할 수 없었던 삶의 변수와 위험을 있는 그대로 인정하고, 가급적 빨리 상처를 낫게 도와주고, 그래서 그것으로부터 다시 건강하게 자기를 성장시킬 수 있도록 사후 개입을 하는 것이 더 중요하다. 이미 벌어진 아픈 경험에 대해 그것을 자기를 단련시키고 배울 수 있는 기회로 삼게 도울 수 있다.

그러던 어느 날, 나도 작은 시험에 들었다. 아이가 목욕을 하다가 아래가 아프다고 징징거린 날이었다. 계속 샤워를 안 하겠다고 떼를 써서 이틀 만에 간신히 씻겼는데 도대체 왜 그러나 싶었다. 아이가 어려서부터 기저귀 발진에 오랫동안 시달려서 나는 익숙한 동작으로 아이의 아래를 살펴보았다. 목욕을 하고 나온 깨끗한 두 다리 사이로 빨갛게 부은 부위가 보였다. 만약 내가 걱정하는 것과 같은 일이 벌어진 거라면, 자기가 알지 못하는 상황을 만 5세짜리 아이가 먼저 이야기할 리 만무했다.

나는 놀라는 기색을 숨기고 아이에게 무슨 일이 있었는지 조심스레 물었다.

"어디에 넘어지면서 찧었을까? 바지를 입었을 때 바지 가랑이가 당겼니? 누가 아프게 했니? 혹 누가 찌르거나 꼬집으며 장난을 쳤나? 아님 너가 간지러워서 만졌니?"

아이는 처음엔 아무 일도 없다고 했다가, 물음이 계속되자 조금씩 정보를 흘렸다.

종합해서 들어보니, 아이 유치원 친구 하나가 평소에도 아이를 괴롭히는데, 어느날엔가 손가락으로 아래를 찔렀다는 것이었다. 나는 그 아이가 누군지 알고 있었다. 집에 초대를 했을 때나 유치원에서 만나 이야기를 나누었을 때 대충 성격을 파악하고 있었기 때문에, 그 아이가 그랬을 수도 있겠다는 생각을 했다. 하지만 절대로 나쁜 아이는 아니었다. 의도적으로 아이를 괴롭힐 아이도 아니고, 성적인 제스처로 그런 짓을 할 만큼 조숙한 아이도 아니었다. 그래도 조심스럽게 나는 다시 심문을 이어갔다.

"다른 아이에게도 그랬니? 아니면 너한테만 그랬니? 선생님은 어디 계셨니? 언제 어디서 그랬는지 기억하니?"

아이는 그 남자아이가 다른 아이들에게도 그랬다고 했다. 점심 시간 때 밥이 맛이 없어서 일찍 교실에 올라와 있을 때 그랬다는데, 날짜를 따져보니 아이가 치마를 입고 간 날이었다. 선생님은 식사 후 물을 마시느라고 보지 못했다고 했다.

일단 나는 아이를 다시 교육 시킬 필요를 느꼈다.

"예나야, 전에 엄마가 말했지? 누구든―그게 어른이든 친구든 모르는 사람이든―예나가 싫은 것을 하거나 아프게 하면 두 눈을 똑바로 보고 '난 싫어. 그러지 마'라고 말하라고 했지? 아니면 '넌 나를 아프게 해. 그러지 마'라고 하든지. 그러고 나서 선생님이나 엄마, 아니면 가까이에 있는 어른들에게 이야기를 해. 그래도 되는 거야. 네가 싫은 것은 싫다고 하고, 아픈 것은 아프니까 하지 말라고 해도 되는 거야. 그리고 엄마가 있으니까 엄마를 믿고, 와서 다 말해. 그러면 엄마가 알아서 할게. 알았지?"

다음날, 나는 유치원에 전화를 걸어 아이가 말한 것을 토대로 의심되는 부분을 전했다.

"아이의 말을 액면 그대로 받아들이지는 않아요. 하지만 일단 병원에 가서 체크는 해보려고 해요. 다른 여자아이들에게 그랬다는 말이 있으니, 일단은 아이들 상황을 한번 점검해보세요. 아직 확실한 것도 아니고, 그 친구에 대해서도 기본적으로 믿음이 있으니, 조용히 점검해주세요. 이 과정에서 괜히 그 아이가 불이익을 당하거나 상처를 받기를 원치 않네요. 확실해지면 그때 그 꼬마에게 어떻게 접근해서 교육을 시킬지 혹은 상담을 할지를 결정하도록 해요."

선생님은 깜짝 놀랐지만, 내 말에 알았다고 하면서 나중에 다시 얘기하자는 말과 함께 전화를 끊었다.

그리고 아이와 나는 아침부터 병원으로 뛰었다. 아이는 유치원에 안 간다는 것만으로도 좋아했다. 일단 산부인과로 갔는데, 퇴짜맞았다. 아동은 보지 않는다는 것이었다. 하는 수 없이 동네 내과로 다시 뛰었다. 유아 때부터 아이를 봐주시던 선생님이라 내 얘기를 듣더니 잘 아는 산부인과로 특별히 전화를 넣어 담당의사에게 아이를 봐달라고 당부하셨다.

다시 또 산부인과로 달렸다. 그런데 진단 결과는 피부염이었다. 유아도 아래를 잘 씻어주지 않으면 염증이 생길 수 있으니 한동안 따뜻한 물에 좌욕을 하게 하고 자주 팬티를 갈아 입히라고 하셨다. 하루종일 이리 뛰고 저리 뛴 결과가 우습게 나왔다.

담임 선생님이 다시 전화를 주셨을 때 나는 결과를 말씀드리고, 번거롭게 해드려서 죄송하지만 그래도 알아볼 것은 알아봐야 할 것 같아 그랬노라고 말씀드렸다. 선생님 쪽에서의 정보는 이랬다. 여자아이들만 한 명씩 불러 살짝 물어보니 그런 일은 없었다고 이구동성으로 대답했다는 것이다.

다행이었다. 그렇지만 오히려 조그만 아이들이 순전한 호기심에 더 어른 흉내를 내거나, 자기 통제가 되지 않아서 신체적으로 다른 아이들을 괴롭힐 수 있으니 자주 점검을 하고 아이들이 선생님 눈 밖에 나는 일을 없게 하자고 다짐했다. 믿음직스럽게도 선생님은 그래야 할 것 같다고 말씀하셨다.

이제 다시 아이에게 관심이 돌아왔다. 아이는 TV 앞에서 편안하게 뒹굴면서 과자를 먹고 있었다.

"예나야, 의사 선생님이 엉덩이를 잘 씻어야 지금처럼 아프지 않다고 하셨어. 너도 들었지? 그리고 네가 말한 그 아이가 다른 여자아이들을 괴롭히진 않았대. 예나한테도 그런 것 같지는 않은데, 예나는 왜 그렇게 말했을까?"

아이는 쑥스러워하면서 거짓말을 했다고, 하지만 그 아이가 소리도 잘 지르고 장난을 너무 친다고 했다.

"그럴 땐 전날에 말해준 것처럼 그 아이에게 '그러면 싫다'고 똑바로 말해보자."

아이는 고개를 끄덕이고 아무 생각 없이 다시 TV로 시선을 돌렸다.

내 아이가 거기까지 거짓말을 한 데는 내 책임이 컸다. 아무리 조심해서 질문했어도, 결국 나는 유도심문을 한 것이었다. 아이는 내 질문에 '그런 게 아니라니까'라고 맞서지 않고 그냥 '몰라'로 시작했다가 계속되는 탐색을 피할 요량으로 자기 식으로 이야기를 지어낸 것이었다.

예전에 본 어떤 영화가 생각났다. 실화를 바탕으로 만든 것이었다. 유치원을 운영하는 삼형제가 아이들을 농락했다고 기소되었다. 미국 냅징이었으므로 아이들은 바로 아동심리학자에게 넘겨져 심리검사를 받게 되었다. 심리학자는 아이들과 인형 놀이를 하면서 진실을 늘

으려 했고, 아주 미묘하게 유도된 질문에 따라 조금씩 스토리를 날조해갔다. 심리학자의 임상 판단이 가장 유력한 증거물로 제시되었다. 관련된 아이들은 법정 절차에 따라 이야기를 반복해서 전달하는 중에 자기들이 지은 말을 실제라고 믿었다. 피고인의 변호사가 나중에 심리학자의 자료 수집 절차에 문제가 있음을 밝혀냈으나 심리학자는 자신의 명성과 이론적 믿음 때문에 끝까지 진실을 번복하지 않고 밀고 나갔다.

그 영화를 보면서 나는 법 심리학과 인지 심리학에서 기억이라는 것이 얼마나 불완전한 것이며 쉽게 왜곡, 유도될 수 있는지에 대해 새롭게 발표했던 내용들을 기억했다. 그런 기억에 근거하여 한 사람을 유죄 혹은 무죄라고 판정지을 수 있는 법정 진술은, 그러니 얼마나 위험한 것인가!

그러나 앞으로도 나는 내 아이를 먼저 의심하는 일은 없을 것이다. '그런 게 어디 있어?' '그럴 리가 없다'와 같은 반응은 절대 하지 않을 것이다. 모든 게 가능하고, 내 아이에게는 언제나 이유가 있을 것이다. 그러나 진실은 쉽게 밝혀지는 것이 아니다. 그 반대의 가능성에 대해서도 조금의 기울어짐 없이 철저히 생각하고 고려해야 한다.

나는 아이를 데리고 산부인과로 뛴 내 자신에 대해 조금의 부끄러움도 느끼지 않았다. 아이 엄마로서 마땅히 해야 할 일을 한 것이다. 결과를 얻기까지 이 사람 저 사람에게 협조를 구하고, 앞으로를 위해 서로 다짐을 하고, 밝혀진 일로 모두가 깨끗이 잊을 수 있었으니, 이보다 더 좋은 일은 없다.

앞으로도 내 아이에게 쓸데없는 불안감은 심어주지 않을 것이다.

하지만 엄마인 나는 아이 모르게 불안해야 마땅하다. 그 불안은, 적당할 경우, 위험한 모든 것으로부터 내 아이를 지켜낼 수 있을 것이기 때문이다.

긴장하라. 그리고 즉각적이어라. 하지만 아이에게는 그래도 인생은 아름다운 것이라는 것을 알게 하라.

아이가 씌워준 왕관

아이가 있는 집에선 누구나 경험하는 거겠지만, 소파는 내 아이의 최고의 놀잇감이다. 이사를 하면서 새로 들인 소파는 네모난 등받이 쿠션을 분리시킬 수 있게 되어 있는데, 아이는 그것들을 가만히 두는 날이 없었다. 바닥에 계단처럼 층층이 쌓기도 하고, 소파 중간에 놓아 허들 장애물로 삼기도 하고, 넓이뛰기의 모래판으로 삼기도 했다. 새 스프링의 싱싱한 탄력을 최대한 활용, 콩콩뛰기의 명수가 된 아이는 구르고 엎어지는 것을 일상의 활동으로 삼았다. 가끔은 탄력이 너무 좋아 아이를 튕겨내기도 했는데, 집에 놀러와 아이를 따라했던 친구들은 한 번씩 다 그 소파에서 굴러 떨어져본 적이 있다. 나는 아이를 말리지 않고 조심하라고 가끔씩 경고만 했다.

그러던 어느 날 아이는 식탁에서 밥을 먹고 있는 내게 주목하라고 했다.

"엄마, 엄마 이것 봐!"

소파의 끝에 있는 손 받침대에 서서 점프를 하려고 폼을 잡고 있는 중이었다. 등받이 쿠션을 두 개나 길게 깔아놓아 원거리 넓이뛰기를 할 판이었다. 위험해 보이니 조심하라고 주의를 주고 어디 해보라고 지켜보았다. 붕 날아올라 장애물을 건넌 아이는 손 받침이 없는 소파의 반대 끝에 떨어졌는데, 관성의 법칙이 아이를 잡아당겨 그로부터 한 번 더 튕겨졌다. 빙글 공중돌기를 하더니 머리부터 곤두박는 아이를 보고 나는 밥숟가락을 던지고 벌떡 일어나 달려갔다. 평소에 아이가 이리저리 끌고 다니고 바닥에 눕히는 커다란 등받이 의자가 때마침 옆에 있어 아이는 그 위로 고꾸라졌다. 그거로도 모자라 거기서부터 바닥으로 또 툭 하고 미끄러졌다.

다행히 아이는 멀쩡했다. 하지만 너무 놀라 벙어리가 되었다. 나는 아이를 꼭 안고 조용한 방으로 뛰어들어갔다. 시끄러운 TV 소리며 강아지의 짖어댐으로부터 아이를 보호하려고 그랬다. 충격으로 스트레스를 많이 받은 것 같았다. 떨어진 그 의자는 아이가 빙글빙글 돌리는 것을 좋아해서 버리지 못했던 낡은 회전의자였는데, 묘기를 부리기 전에 장난을 치던 아이가 우연히 그 의자를 소파 옆에 쓰러뜨렸다.

"이게 네 장난감이냐? 제발 이러지 않았으면 좋겠다."

못마땅해서 한 소리를 하곤 했는데, 그날은 아이가 그러길 천만다행이었다.

아이는 여전히 울지 않았다.

"우리 예나가 너무 놀랐구나? 엄마가 조심하라고 했는데⋯⋯."

얼굴이 빨갛게 상기된 채 자존심이 상했는지 아이는 입을 꼭 다물고 눈을 부릅뜨고 있었다. 아이의 다친 마음이 의자에 부딪힌 머리보다 더 아플 거였다.

"마루에 떨어졌으면 정말 큰일날 뻔했어. 병원에 갈 수도 있었어. 그러니까 다음번엔 정말 조심해야겠다. 그런데 너 아니? 너가 이렇게 될 줄 알고 뱅뱅이 의자를 그 밑에 깔아놓았던가 봐. 그래서 예나가 다치지 않았어. 너 정말 대단해. 어떻게 그럴 줄 미리 알고 의자를 옮겨 놓았니?"

아이의 눈이 잠시 반짝이는 것을 보았다. 내 품에 꼭 안겨 고개도 안 들고 한동안 숨을 고르더니, 아이는 이내 눈을 들어 내게 큰 소리로 말했다.

"내가 그럴 줄 알고 의자를 옮겨놓은 거야. 난 하나도 안 아파. 난 대단해."

아이는 그 말을 던지고는 거실로 혼자 걸어나갔다. 웃음이 터져 나왔다. 내 아이는 자존심이 세다. 몸이 다치는 것보다 '과대한' 자기가 상처를 입는 게 더 아픈 녀석이다.

스위스 출신으로 미국에서 정신분석 협회장을 지낸 코헛(Heinz Kohut)은 인간의 자기애적 발달에 대한 심오한 이론을 폈다. 치료를 하면서 그 이론의 덕을 많이 보았지만, 아이를 키우는 데도 상당히 도움이 되었다. 이전까지 자기애란 병적인 것으로만 설명되었는데 코헛이 심리학에 끼친 공헌은 자기애에 대한 편견과 오해를 씻은 것이었다. 그렇다면 수선화가 된 그리스 신화 속 미소년의 이름을 딴 '자기애'(narcissism)란 도대체 무엇인가?

자기애는 자기 존재에 대한 근본적인 사랑이다. 자기를 보전하고 지키며 자기를 실현하게 하는 삶의 근본 동기로서 작동한다. 그것은 지극히 보편적이고 자연스러우며, 일련의 단계를 거쳐 발달한다.

　우리들은 삶의 어느 기간까지는 자기를 알게 해주는 대상들과의 관계 속에서 자기를 키운다. 아이의 '자기'는 자기를 알게 하는 사람, 즉 부모와의 관계 속에서 형성된다. 그 관계에서 아이는 즐겁고 좋은 것은 모두 자신의 일부라고 생각하고, 나쁘고 불완전한 것은 모두 자기 밖에 있는 것이라고 여긴다. 그러한 대상을 코헛은 '자기 대상'이라고 했는데, 어른이 되어도 우리는 자기애적인 필요와 요구를 갖고 있어 자기에 감정이입적으로 반응해주는 어떤 영역 혹은 대상을 평생 필요로 한다. 이러한 자기 대상에의 필요 때문에 우리는 무관심하고 무반응적인 사람들을 다룰 때 어려움을 느낀다. 그 어려움이 무기력하고 빈 느낌, 낮은 자존감과 자기애적인 분노로까지 확장되면 자기 발달에 장애가 있는 사람이라고 볼 수 있다.

　유치원에 들어갈 나이에 아이는 서서히 '과대망상적인 자기'를 과시하기 시작했는데, '나는 정말 멋져. 완벽하다구. 나를 좀 봐주세요!' 하는 식으로 자기를 경험하는 것이었다. 자기를 확인해주는 대상으로부터 감탄을 자아내는 것을 즐기는 아이는 그럴 수 있는 자기에 흥분해서 환희에 찬다. 그러나 단편적인 인상들로만 이루어진 이 어린 자기는 깨지기 쉬운 것이다. 아이는 만족스런 자기 경험의 편린들을 단단히 하나로 응결시켜주는 무언가가 필요했는데, 그것이 바로 나의 반응이었다. 아이의 과대한 자기에 감정이입을 잘해서 하나하나 예민하게 반응해주고, '그래, 너가 그렇구나'라고 승인해주면서 조금씩 구체화되는 아이에 거울 역할을 해주는 게 부모의 일이다. 그런 부모를 통해 아이는 '아, 역시 난 이렇구나' 하고 자기를 재확인하고 그런 자기에 만족하여 자신감을 갖게 된다.

아이가 자기를 느끼고 확인하게 돕는 부모는, 아이의 입장에서는, 경험하는 그 아이의 자기와 관련해서만 의미를 갖지, 객관적이고 실제적인 전체로서의 그 사람 그대로는 아니다. 진정한 의미의 인간관계가 형성된 것이 아니기 때문에, 아이가 자기 대상에게 보이는 애정과 관심은 단순한 자기애적 에너지를 투자한 것일 뿐이다. 그래서 나는 아이가 내게 "사랑한다"고 말할 때면 "나도 그래"라고 답은 해주지만 그 말이 내가 의미하는 '사랑'과 다른 것임을 알고 있다. 아이가 나를 껴안으며 좋다는 의미로 '엄마 예쁘다!'고 하거나 사랑한다고 매달릴 때는 '난 엄마가 필요한데, 엄마는 그 필요를 다 채워줬어. 고마워' 하는 말로만 이해를 한다. 아이는 아직 진정한 의미의 사랑이란 게 뭔지 모른다. 모르는 게 당연하고, 몰라도 된다. 아이는 사랑만 받을 수 있으면 되고, 나중에 좀더 성장하여 자기가 어렸을 때 자주 했던 그 사랑이란 말이 얼마나 편협된 자기 중심적인 표현인지를 느낄 수 있으면 된다.

그런데 세상일은 언제나 똑같이, 아무런 동요 없이, 행복하게만 벌어지지는 않는다. 엄마와의 융화 덕분에 자기가 전지전능한 줄만 알고 있던 아이는 엄마가 자신과 별개로 존재하는 대상임을 인식하면서, 그리고 소화 가능한 작은 실패들이 부모의 반응에서 자연스럽게 생기는 것을 보면서, 조금씩 당황하고 불안해진다. 부모의 실재하는 불완전함을 아이는 아직 보고 싶지 않다. 그래서 아이는 부모를 자기의 필요 때문에 이상화시킨다. 이상화된 부모에게 절대적인 힘과 완벽성을 돌림으로써 아이가 얻게 되는 것은 태초에 느꼈던 것과 같은 행복감과 전지전능함을 가까이에 유지할 수 있다는 것이다. 그와 함께 어쩔 수 없는 부모의 자연스러운 단점 때문에 자신의 주관적인 완벽성이 좌절되는 것을 막기 위해 아이는 과대망상적이며 과시적인 자기 이미지를 동시에 만든다. 부모를 이상화시키는 것은 자기가 아닌 타인을 완벽하게 본다는 점에서 과대망상적인 자기에 모순되는 것 같지만, 이상화된 대상과 자신이 하나인 것 같은 느낌을 경험하면서 아이가 '당신은 완벽해요. 나는 당신의 일부예요'라며 만족하는 것이라고 이해하면 된다. 내 아이가 즐겨 하던 말도 "나와 엄마는 쌍둥이 우리는 붕어빵"이었다. 아이는 "엄마 예뻐" 하다가도 샘을 내어 "난 더 예뻐"하거나 "나도 예뻐"라고 말하곤 했다. 아이의 모든 기준은 나였고, 아이의 모든 관심의 초점도 나였다. 그러면서 아이는 나만큼 혹은 나보다 더 훌륭해야 했고, 나는 그런 아이의 필요에 긍정적으로 응해주어야 했다.

나는 아이에게 특별한 사람이었다. 그냥 아이를 돌보는 엄마가 아니라, 아빠가 선사해야 했던 이미지까지 섞인, 거대하고 우러러볼 만한 대상이었다. 종종 일터로 나를 만나러 오는 아이는 학생들, 내담자들에게 '선생님' 소리를 듣는 엄마에 자부심을 느꼈다. 그런 나한테만큼은 자기의 허점을 보이지 않으려고 했고, 내 인정과 승인을 최고의 덕으로 느끼면서, 자기가 실수한 것들엔 눈물도 흘리지 않았다. 아이는 내게 개인적으로 필요하지 않은, 그리고 원치도 않은 어떤 왕관을 씌워놓았다. 나는 아이 앞에서 실수를 하거나 부족하면 안 되었다. 아이가 참아내지 못했기 때문이다. 뭔가 잘못한 게 있어 혼잣말로 "엄마가 참 바보네"라고 하면 아이는 절대로 엄마는 바보가 아니라고 주장하곤 했다. 그래도 "엄마 역시 바보일 때가 있어. 지금 그랬어"라고 사실을 알려주려 하면 아이는 내 말을 부정하는 것을 넘어 화를 내다가 울기까지 했다. 아이가 선사한 왕관은 아이가 필요로 하는 동안 내내 군소리 없이 쓰고 있어야 했다. 나와 상관없이 아이에게 필요해서였다. 하지만 그건 피곤한 일이었고, 가끔은 나라는 한 개인이 외롭게 느껴지기도 했다. 아이가 자라면서 항상 그럴 필요는 없었지만, 그래도 기본적으로 엄마인 나는 아이에게 필요한 역할과 이미지로만 아이 앞에 존재해야 했다.

내 아이는 어려서부터 예쁘다는 소리를 워낙 많이 듣고 자라서 모든 이의 주목을 받는 데 익숙했다. 아이의 자기애 발달에 그러한 조건이 언젠가는 상당한 어려움을 안겨주게 될 것이다. 어쨌든 내 아이는 주목을 받지 못하는 순간이 오면 그러한 상황을 의아해하면서 끝까지 어떤 식으로든 노력을 했다. 아이와 함께 버스를 탄 날이었다. 이상하게도 그날은 모두 지쳤는지 앉아 있던 사람들이 새로 올라탄 사람에게 눈길 한번 안 주고 관심도 없었다. 아이는 그런 대접을 처음 받았기 때문에 처음엔 당황했다. 나는 아이가 어떻게 나오나 지켜봤다. 목적지까지 가는 내내 아이는 일부러 큰 소리를 내고 뒤를 돌아보면서 사람들이 자기를 보게 하려고 온갖 귀여운 짓을 다 했다. 그날은 정말 끝까지 아무도 아이에게 반응을 보이지 않았다. 아이는 처음으로 자기 존재에 좌절했을 것이다.

그런데 그런 적당한 좌절은 사실 성장에 필요하다. 자기애가 발달하는 중에 부모가 반응을 하는 데서 보이는 소소한 실패는 아이의 자기 출현과 발달에 있어 중요한 의미를 갖는다. 엄마의 불완전함으로 인해 아이의 자기애적 평형 상태가 흔들리면 아이는 그 불완전한 자기 대상을 대신하고자 서둘러 자기 정신을 재조직한다. 아이의 좌절이 정신적 외상의 수준이 아니고 참을 만한 것이라면, 그 감정은 아이로 하여금 자기 대상의 여러 측면들—위로하고, 거울처럼 반사해 주고, 긴장감을 조절해주는 기능들—을 자기 것이 되게 재촉한다. 그렇게 되면 아이가 자기 대상으로부터 자기애적으로 기대하던 바를 일부 철회해도 아이는 이제 괜찮다. 부모에게 쏟아부었던 에너지를 조금씩 줄여가면서 아이는 부모의 있는 그대로의 모습을 전체적인 시각으로 다시 볼 수 있게 된다. 아이의 인간관계는 그렇게 조금씩 현실화된다. 그러면서 그 속에서의 자기도 현실적으로 재평가된다.

제대로 성장을 한다면, 과대망상적인 자기는 시간과 함께 길들여져서 온전하고 응집력이 강한 인격으로 녹아든다. 이렇게 변화되고 통합된 아이의 과대망상은 어른이 되었을 때 그 사람의 삶에 에너지와 야망과 자기 존중감을 제공하고 '패기'라는 선물도 안긴다. 이상화된 대상의 이미지는 프로이트가 말한 '초자아'의 형태로 자기 안에 재투입되어, 아이가 되고 싶어하고 되어야 하는 분명한 삶의 모델로 남는다.

과대망상적인 자기와 이상화된 부모상을 현실 지향적인 자기 구조 속에 통합하는 과제를 제대로 완수하지 못하면 아이는 계속해서 자기애적인 문제를 겪는다. 예를 들어, 부모가 죽었거나 사라졌기 때문에 혹은 부모의 병으로 이 과정이 멈춰지거나 방해를 받으면, 아이는 그 대상의 현실적인 단점들을 발견하고 정상적인 상호작용을 통해 점진적으로 그러한 환상이 자연스럽게 깨지는 과정을 밟지 못해, 커서도 계속해서 바깥에서 전지전능한 인물을 찾아다니거나, 자신이 존재할 이유를 가진 아주 괜찮은 사람임을 확인해줄 누군가를 물색하게 된다. 그러나 부모와 똑같은 역할을 해줄 수 있는 타인은 존재하지 않으므로 — 모두가 정도만 다를 뿐 자기 대상을 필요로 한다는 점에서 — 자연스런 성장 과정에서 경험해야 했던 것을 현실적인 자아에 제대로 통합시키지 못한 채 계속 텅 빈 존재로 살아가게 된다.

그런 슬픈 노력을 막으려면, 아이가 과대한 자기를 키워가는 중에 부모는 아이의 감정적 필요에 민감하게 응해줘야 한다. 그러면서 자기에게 덮어 씌워진 이상화된 이미지 역시 끝까지 지켜주려고 노력해야 한다. 물론 그것만으로는 안 된다. 적당한 시기에 자연스럽게 아이를 실망시켜야 하고, 머리 위의 왕관을 내려놓고 자기 모습 그대로 드러낼 수도 있어야 한다. 그래야 아이가 자기 자신과 부모에 대한 현실적인 시각을 취할 수 있게 된다. 이미지와 현실 간의 격차에 적당히 놀란 아이는 자기를 현실적으로 더 튼튼하게 만들려고 서두를 것이고, 부모의 이미지 역시 실제 부모에게 강요하지 않고 자기 안에 재흡수하려고 애쓸 것이다.

그러니 부모 노릇을 한다는 것은 어려운 일이다. 내 부모도 그 노릇을 100퍼센트 완벽하게 하지 못했고, 그래서 나도 100퍼센트 온전하게 성장하지 못한 틈새로 내 부모를 원망했다. 거대했던 아버지를 넘어서려고 내 자신을 과대하게 키워가면서 발버둥을 쳤던 성장기, 차갑고 냉소적이었던 어머니로부터 받은 상처를 숨기면서 말없이 앓고 지내다가 어머니를 본격적으로 미워하고 화를 내면서 그 영향으로부터 벗어나려고 애썼던 성숙기……. 인간의 부족함을 가진 부모가 무슨 죄가 있겠는가! 그러나 부모는 부모 노릇을 못한 죄는 짊어지고 가야 한다. 자식을 낳은 것에 그치지 않고 잘 길러야 하는 책임이 있기 때문이다.

나는 엄마로 다시 태어나 그 책임을 뼈저리게 느꼈고, 나의 부족함과 싸우며 내 자식을 잘 기르기 위해 최선을 다했다. 물론 그 과정은 책임의 짐으로 내 허리를 휘게 했던 것만은 아니다. 아이가 성장하는 모습을 지켜보는 것은 한 개인의 신비로운 역사에 동참하는, 비할 데 없는 기쁨이기도 했다. 한 인간의 성장의 산 증인이 되는 것, 그 하나만으로도 엄마가 되어봐야 할 이유는 충분했다.

그러나 엄마가 되야 하는 어쩌면 더 중요한 이유는 자신에게도 그러한 역할을 했던 부모가 있었음을 다시 돌아볼 기회를 갖게 되기 때문이다. 내가 기억하는 부모와 실재의 부모, 그리고 동시에 자기 안에 존재하는 부모 모두를 말이다. 나는 이미 치료를 받으면서 기억 속의 부모와 실재의 부모에 대해 찬찬히 되돌아보면서 그들을 용서할 기회가 있었다. 그러나 내가 끝까지 이해하지 못하고 있었던 한 가지가 있었는데, 그것은 내 안에 잠재해 있던 내 자신의 엄마에 대한 두려움과 그것을 용서하지 않으려는 마음이었다. 내 아이가 나를 가르치려고 내게 마지막으로 마련해놓고 있었던 것도 바로 그것이었다.

어머니, 저도 이제 엄마예요

시집을 안 간 딸들에게 엄마들이 하는 흔한 말이 있다.

"꼭 너 같은 딸자식 낳아 한번 길러봐라. 그래야 네가 내 맘을 알 거다."

내 어머니도 내게 자주 그렇게 말씀하셨다. 그래서 난 아이를 낳기가 두려웠다. 아이를 낳으면 내 모습을 보게 될 것 같아서, 영 익숙해지지 않는 내 부모에 대한 불만과 두려움을 아이에게서 되받게 될까봐 무서웠다.

그러다가 내 존재의 중심을 찾게 되고 나 자신을 사랑하게 되었을 때, 나는 어머니의 매서운 선고에 내 자신을 실험 재료로 삼으려는 양 서둘러 결혼을 했다. 그리고 아이를 낳았고, 이혼을 했고, 그래서 그 아이를 전전긍긍하면서 키웠다.

하지만 지금은 어머니의 그 말씀이 축복의 메시지로 느껴진다. 결국 내 어머니의 바람처럼 나는 '엄마 마음'을 알게 되었고, 그래서 세상에서 가장 기쁜 용서를 경험하게 되었으니까.

현재 살고 있는 집으로 이사를 올 때 이야기다. 헌 집을 수리하는 데 어머니가 밤낮으로 재미를 느끼며 뛰어다니시는 것을 보고 한편에선 내가 편해서 좋다는 생각을 하면서도, 또 한편으로는 예전의 어떤 것이 다시 속에서 부글거리는 것을 느꼈다. 어느 날 그 기포들이 입 밖으로 터져나왔다.

"그래서 엄마는 안 되는 거예요. 다 큰 자식인데, 왜 손을 놓지 못하고 자꾸만 불필요하게 그러세요? 그게 얼마나 자식에게 부담이 되는지, 그게 얼마나 자식에게 죄책감을 안겨주는지 아세요? 이건 일종의 권리 침해예요. 그래서 엄마에게 남는 게 뭐예요? 자꾸만 자식을 나약하게 만들어 엄마가 얻는 게 뭐냐구요? 엄마에게도 엄마 인생이 있는데, 이젠 그만 자식들 보고 알아서 크라고 하세요. 이렇게 엄마에게 의존만 하다가 엄마 없으면 어떻게 살라고 그래요? 많은 것을 지불하고 독립했다고 생각했는데, 이러시면 곤란하죠. 나는 나이고 싶어요. 엄마가 내 집에 관여하는 모든 게 다 싫어요. 나를 편하게 만들지 마세요. 편한 것을 마다할 사람이 어디 있어요? 그러니 아예 유혹을 하지 마시라는 겁니다. 엄마는 그러고도 바라는 것도 없잖아. 그러는 엄마를 보는 건 내게 더 짜증이에요. 평생 세 자식을 위해 열심히 살았으면 됐잖아요. 이젠 엄마도 한 여자로, 한 인간으로 행복하게 사시길 바란다구요!"

다툼을 벌이다가 나는 먼저 전화를 끊었다. 그러고는 정확히 무엇이 속상한 건지도 모른 채 밤새 엉엉 울었다. 그러다가 내가 왜 울어야 했는지, 왜 그렇게 어머니에게 사나운 소리를 했는지를 뒤늦게 깨달았다.

내 어머니는 내가 바랐던 모성애는 갖고 계시지 않았어도 당신의 욕심이 없는 까닭에 남에게 헌신적일 수 있는 분이셨다. 자신의 역할에 대한 책임감이 남달리 강하셨는데, 그것은 외할아버지로부터 내 어머니에게 기울어져 내려오는 유전 같은 것이었다. 우리들 자식뿐 아니라 형제들에게도, 시댁 식구들에게도, 친구나, 남편의 동료나 제자들에게까지도 어머니는 많은 것을 베풀며 사셨다. 나는 그런 어머니를 보고 크면서 '이 세상 그 어떤 사람이 돌아올 것을 기대하지 않고 베풀 수만 있을까?' 하고 오랫동안 의심을 했다. 하지만 내 어머니는 정말로 바라는 것이 없으셨다. 돕는 것 그 자체로 그만인 분이셨다. 하지만 그런 어머니를 보는 게 나는 싫었다. 성장하면서 정신적으로 그리고 정서적으로 내가 필요로 했던 것에 어머니가 제대로 반응해주지 못하셨다는 불만을 내내 갖고 있었기 때문에, 나는 어머니의 그런 부분을 긍정적으로 바라볼 마음이 없었다. 하지만 사실 나는 어머니의 헌신적인 베풀기를 두려워하고 있었다. 아이러니하게도 내가 어머니를 아주 많이 닮아 있기 때문이었다.

나에게는 아주 오랜 피해의식이 있었다. 표면적으로 드러난 적은 별로 없지만 아주 깊숙한 바닥에 진득하게 깔려 있는 의식이었다. 사람들이 내 진심을 이용하거나 내가 풀어내는 순수한 애정을 더럽힐 것이라는 두려움은, 실제로 그런 일들을 많이 당해서가 아니라, 내가 느끼고 있는 내 자신의 본성에 대한 스스로의 두려움이었다. 나는 어머니처럼 자기 욕심이 적어 헌신적일 수 있는 사람이었다. 그리고 늘 그러기를 바랐다.

하지만 나는 그런 내가 무서웠다.

'그러다가 내가 없어지면 어떻게 하지? 퍼주기만 하다가 실속도 없는 삶을 살게 되면 어떻게 하지? 나누기만 하다가 아무것도 아닌 게 될 거다. 내 것도 없고, 내 자신도 없을 거다.'

내가 어머니를 자랑스러워하면서도 불만스럽게 바라보게 되는 이유도, 사실은 어머니의 실속 없는 삶에 내 자신을 투영한 질긴 두려움 때문이었다.

그러던 어느 날, 내 어머니가 많은 것을 베풀어주신 새집에서 구석구석 어머니의 손길을 느끼던 나는 문득 이런 생각을 하게 되었다.

'그래, 이젠 내 어머니의 삶을 나도 살 수 있겠다. 실속 없는 삶을 살아도 좋겠다. 내게 아무것도 남지 않아도 좋다. 남는 것은 내가 사랑한 그 사람들이다. 그리고 그 사람이 또다시 사랑하게 될 또 다른 그 사람들이다.'

생각해보니 어머니에겐 베풂의 결과로 내가 남았다. 그 점에 생각이 미치자 갑자기 깨달음이 통곡으로 변했다.

나는 어머니에게 전화를 걸어 무조건 잘못했다고 빌었다. 이제야 이 부족한 딸을 용서하시라고 엉엉 울었다. 드디어 내 마음속에 있던 어머니를 용서하게 된 것이었다. 그것은 내 자신이 가진 '엄마 마음'이기도 했다.

실속 없는 '엄마 마음'을 진심으로 받아들이게 되자 '강해지지 않으면 내가 파괴될지도 모른다'는 오랜 내 두려움도 사라지는 것이 느껴졌다. 그러한 인식이 들자 어디선가 '뚝' 소리가 나는 것 같은 기분이 들었다. 오래도록 쥐고 있던 끈 하나를 이제야 놓은 것이었다. 나는 자유로웠다. 마음과 영혼이 정말 가벼워진 느낌이었다. 강하지 않아도 내 본성은 그대로 유지될 것이며, 유하고 부드러운 것도 강하다는 것을 이제는 확신하게 되었다.

그렇게 되자 아이를 낳으면서 줄곧 짧게 잘라 유지해왔던 남자 같은 커트 머리를 다시 기르고 싶어졌다. 그것은 여성임을, 그리고 엄마임을 진정으로 받아들이기로 한 내 변화의 상징이었다. 그러자 주변에서 내 전형적인 카리스마가 사라졌다고 놀라워했다. 부드럽고 둥글어지고 편안해졌다면서 나중엔 내가 아줌마 풍이 되었다고도 했다. 기분이 그리 나쁘지 않았다. 카리스마가 사라진 것에 대해 잠시 섭섭하고 서운한 맘도 들었지만, '그냥 나'이고 싶었다. 그것이면 됐다. 한때 너무나 필요해서 나를 지켜달라고 오래도록 매달렸던 내 카리스마에 작별을 고할 때다.

'이젠 네가 떠나도 나는 남을 것이다.'

사람들이 말하던 내 카리스마는 내 외양까지 강하게 만든, 비록 독단적이 될지언정 속속들이 강해야 한다는 내 잘못된 믿음의 기운이었다.

나는 어머니에게 긴 편지를 썼다.

어머니, 제게는 37번째 맞는 어버이날입니다. 오늘에서야 어머니께 할 말이 제대로 있네요. 그 제대로 할 말이란 이것으로 시작됩니다. 어머니께 진심으로 감사드립니다.

어머니를 되돌아보며 감사하게 되는 점 세 가지가 있어요. 제가 죽기 전에 그리고 어머님이 돌아가시기 전에 그것들을 꼭 밝히고 싶네요.

그런데 그것들에 대해 이야기하기 전에 어머니께 섭섭했던 것, 또 용서하는 데 오랜 시간이 걸렸던 것들부터 말해야 될 것 같습니다.

용서하기가 어려웠던 것 하나는 이렇습니다. 초등학교 때 그리고 중학교 때, 제 우울하고도 불행한 일기들 때문에 어머니가 학교에 찾아가셨던 경우가 몇 번 있었죠. 담임 선생님들이 저에 대한 걱정으로 어머니께 이렇게 저렇게 물으셨습니다. 어머니는 그럴 때마다 "애가 원래 그래요. 아무 일도 없습니다. 너무 감상적이고 예민해서 그래요"라는 식으로 제 감정과 생각을 단번에 묵살해버리셨습니다. 어머니의 무관심, 냉담함, 그리고 어머님 자신을 돌아보지 않음을 용서하기 힘들었습니다.

두 번째는, 성장의 아픔으로 내내 혼란스럽고 괴로웠던 사춘기 때일입니다. 종이들을 찢고 물건들을 깨고 머리를 벽에 부딪히며 '나 너무 힘들다'라고 소리를 지르며 누군가가 다가와주기를 간절히 기다렸던 때였죠. 그때는 그렇게 간접적인 방법으로만 도움을 요청할 수 있었나 봅니다. 그런데 어느 날, 그런 제 소리에 이상해서 문을 빼꼼 열어 보셨던 어머니는 아무 말 없이 그냥 다시 문을 닫고 나가셨습니다. 절대로 손을 뻗어주지 않는, 다독여주지 않는, 마냥 방치해두는 어머니에 대한 분노가 컸습니다. 그것도 용서하는 데 무척이나 많은 시간이 걸렸네요.

세 번째도 비슷한 얘기입니다. 대학교 때 여러 가지 문제로 아주 힘들었을 때 술 먹고 늦게 들어오고 방황하다가 어느 날엔가 술김에 제가 어머니께 "내가 얼마나 힘든지 아냐?"면서 대뜸 말을 꺼냈던 밤입니다. 털어놓고 싶어서, 도움을 받고 싶어서 이야기를 꺼냈는데, 어머니는 "나는 듣고 싶지 않다. 네가 고민하는 것들이 그리 고민할 만한 것이 아닐 수도 있다. 네가 알아서 잘할 거라고 믿는다"며 다시 제 방문을 닫고 나가셨습니다.

더 이상은 좌절할 게 없었네요. 어머니로부터 모든 기대와 마음을 버렸습니다. 그리고 절대로 용서할 수 없었습니다. 몇 년 후 전 집 밖으로 나갔습니다. 멀리 비행기를 타고요. 그게 모든 것의 시작이었네요. 간접적인 방법으로든, 용기를 내어 직접적으로 털어놓았든, 어머니는 매순간 부재했습니다. 단순한 부재였으면 차라리 나았을 것을, 철저히 외면하고 거부까지 하셨습니다. 저에게는 너무나 큰 상처였습니다. 그 상처는 제 자신을 위한 치료 기간 내내, 그리고 공부 중에 내내 다시 되새겨지고, 다시 경험하고, 다시 해소되고, 다시 극복하기 위해 씨름해야 할 거리들이었네요.

그 모습이 어머니였습니다. 그것이 어머니의 성향, 어머니의 두려움, 어머니의 부족함이었습니다. 하지만 비록 오랜 시간이 걸리긴 했지만, 전 제 안에 기억된 어머니 —그게 실재건 아니건— 용서했습니다. 그런데 제가 어머니께 감사하는 부분도 그러한 어머니의 성향과 특성에 있으니, 그게 참 아이러니합니다. 어머니는 어머니 그대로로 제게 아픔을 주셨지만 또한 어머니 그대로로 제게 힘도 주신 셈입니다. 그러니 전 어머니 그대로를 제 어머니로 가져야 했던 겁니다. 그리고 결론은, 오직 감사하단 거네요.

구체적으로 감사하는 것 하나. 저를 유학 보내주신 것입니다. '여자가……' 라든지, '현실적으로……' 라든지 하면서 얼마든지 저를 붙들고, 기회를 안 주셨을 수도 있는데, 기대하는 것도 바라는 것도 없이 그저 저를 멀리 자유롭게 풀어놓으셨다는 것, 진심으로 감사합니다. 어느 누구에게도 의존하지 못하고 혼자 정글에 떨어진 채 수많은 시행착오를 거쳐 성장해야 했지만, 그것은 정말 어머니의 탁월한 선택이셨습니다. 결과적으로 제가 더 크게 성장했으니 말입니다.

감사하는 것 둘. 결혼을 하고 이혼을 했을 때, 아무것도 묻지 않고 아무런 토도 달지 않고 제가 결정하고 행하게 해주셨던 것. 저를 믿어서 그렇게 하셨든, 어머니의 몫이 아니라고 여겨서 그렇게 하셨든, 어머니의 침묵과 말없는 뒷받침이 제겐 아주 큰 힘으로 작동했습니다. 그로부터 크게 상처를 입지 않게 제가 모든 것을 알아서 잘 처리했다고 생각합니다. 어머니는 제게 그럴 수 있는 기회를 주신 겁니다. 제가 못 견뎌했던 어머니의 침묵이 똑같은 방식으로 제게 약이 되었네요.

감사하는 것 셋. 첫 책이 회수되었을 때를 잊지 못합니다. 그때 이의를 제기했던 병원에서 일하던 어머니 친구분 자제에게 "우리 아이는 너희들과 다르다. 나는 그런 아이가 자랑스럽다"라고 제 변호를 해주셨죠. 전 그때, '이게 어머니가 나를 키운 방식이었구나. 나는 어머니가 만든 작품이구나' 하고 깨달았습니다. 어머니의 부족함, 어머니의 관대함, 어머니의 믿음, 어머니의 방목하는 교육 방식 모두가 지금의 저를 만들었습니다.

전 제 자신에 아주 만족합니다. 제 자신을 사랑하고 아끼고 있습니다. 그러니 어떻게 저를 만드신 어머니를 사랑하고, 감사하고 있다고 말하지 않을 수 있겠어요? 제가 어머니께도 만족스런 작품이길 바랍니다. 이제 저를 온전히 믿으시고, 모든 걱정을 놓으세요. 저는 아주 행복하고, 계속 자라고 있음을 확신하며, 앞으로 제가 걸어가게 될 길이 어떤 길이 될 것인지 알고 있습니다. 아이를 키우는 데도 행복하고, 결혼했던 것도 이혼했던 것도, 치료사의 길에 들어선 것도, 다 만족합니다. 제가 가야 할 방향 그대로 흘러가고 있다고 확신합니다. 제 몸도 마음도 영혼도 다 그렇다고 말하고 있습니다.

그동안 저를 여기까지 끌고 와주신 데 감사합니다. 최소한 저에게는, 해야 하실 일을 다하셨어요. 이제 한 가지 소원을 말해보라면, 저는 어머니 돌아가실 때까지 어머니와 좋은 시간을 많이 보내고 싶습니다. 자식은 절대로 부모가 자식에게 주는 것만큼 되갚을 수 없는 것 같습니다. 그래서 저는 어머니께 진 빚을 제 아이에게 치르기로 마음먹었습니다. 그리고 어머니 당신이 그러셨듯, 제 아이에게 아무것도 바라지 않겠습니다. 전 단지 어머니께 진 빚을 갚은 것뿐이니까요. 대신 돌아가시는 그날까지, 제게 필요하신 게 있으시면 언제든 말씀해주세요. 제가 알아서 잘하지도 못하고, 먼저 서둘러 시도해보는 것도 없습니다. 늘 그렇게 부족합니다. 하지만 언제나 저를 필요로 하실 때 옆에 있겠노라고 말씀드릴게요. 어머니의 뒤늦은 창작활동이 자랑스럽습니다. 언제든 필요하시면 어머니의 딸을 불러주세요. 이야기 나누고 싶을 때, 의논하고 싶을 때, 그냥 시간 보내고 싶을 때…… 아무리 제 할 일이 많아도, 자주 있지 않을 그 기회, 주어지고 그래서 불려지면 잘 쓰겠습니다. 이제 저도 어머니 옆에 있습니다. 그 점만 알아주세요.

몇 해가 되었든, 남은 시간 동안 늘 감사하는 마음으로 살 겁니다. 저를 낳아주고 길러주신 어머니 은혜에 감사드립니다. 훌륭한 농사지으셨어요. 어머니의 열매가 스스로 밝힙니다.

하지만 나는 어머니를 닮으려면 아직 멀었다. 넉넉하지 않게 살아오신 분인데, 순전히 본인이 알뜰해서 견뎌오신 분인데 어머니는 참 욕심이 없으시다. 방학 중에 외국에 나가 있는 제 아빠를 방문하러 간다고, 어머니가 나와 아이를 데리고 아이 아빠네 식구들에게 보낼 선물을 사러 갔을 때다. 그쪽 식구들에게 인사치레는 해야 하지 않을까 싶다가도 '아이 보내는 것만도 어딘데 내가 미쳤나?' 싶어 생각을 바꾼 터였다. 그런데 내 어머니는 아이 아빠, 동생, 동생 엄마에게 아이가 사주고 싶은 것을 고르자며 나 대신 선물을 사주셨다. 그중 아이 아빠의 부인 선물은 내가 골랐는데 값이 비쌌다. 나는 한 번도 그런 비싼 것을 못해봤다는 생각이 들자 갑자기 배가 아팠다. 뭐가 답답해서 내가 그녀에게까지 이런 비싼 선물을 하고 있나? 그런데 내 어머니는 "아이를 잘 봐달라고 할머니가 하는 거지!" 하면서 내게 마음을 비우라고 하셨다.

그러나 아무도 내게는 그런 선물을 해주지 않았다는 게 왜 그리 새삼스럽게 화가 나던지, 내 속은 아무도 모를 거라는 생각을 하면서 은근히 부아가 났다. 나는 내 돈을 들여 사야 하는데, 그렇게는 또 못하는 게 나 아닌가. 나는 어머니를 괜히 한번 찔러봤다.

"딸도 좀 사주지."

그랬더니 어머니는 "넌 그런 것 안 하지 않니? 옷이나 잘 입고 다녀라. 입고 다니는 옷이 그게 뭐냐? 정장 한 벌 사줄게"라고 하셨다. 내 옷은 대학 시절 부모님이 사주신 15년 전 옷들이 대부분이다. 하지만 그 옷들도 입고 다닐 곳이 없어서 내겐 거의 새것 같다. 그나마 많아서 옷장도 꽉 채우고 있는 중이다. 어머니는 그게 어디 옷이냐고, 이젠 좀 갖다 버리라고 하셨다. 나는 옷은 필요 없으니, 내게도 그녀에게 사준 것과 똑같은 목걸이를 사달라고 생떼를 부려보았다. 장신구를 잘 하고 다니지도 않으면서 샘을 낸 것이었다. 어머니는 내게 그녀의 것보다 더 큰 목걸이를 사주셨다. 그러면서 그 목걸이에 어울릴 귀고리까지 덤으로 사주셨다. 액세서리로 지출하는 경비치곤 너무 컸다. 순간, '어머니 죄송해요'라는 소리가 목구멍까지 올라왔다. 미안하고 쑥스러워서 나는 어머니의 팔짱을 꼈다.

"그래도 엄마가 있으니까 이런 것도 다 해보네."

어찌 보면 아이 아빠에게 나보다 더 화를 낼 만한 위치에 계시면서도, 어머니는 내 아이 생각 하나만으로 아이 아빠의 가족에게 정성껏 선물을 하셨다. 아이가 잘되는 것이 모든 것의 우선이었다. 나는 어머니를 닮았다고 생각했지만 그 마음 씀씀이와 배포에는 발끝에도 미치지 못한다는 것을 느꼈다.

사랑이란 게 그저 내려만 가지, 역류해서 올라가지지는 않는다. 어머니에게 받은 것을 돌려드리지 못해 늘 죄송한 나는 대신 아이를 정말 잘 키우겠다고 다짐해본다. 아이에게 할머니 얘기를 앞으로 많이 들려주고 싶다. 영화 「집으로」가 생각나면서, 내리사랑의 본질적인 허망함과 어쩔 수 없는 고마움에 눈물이 멈추질 않는다.

내 아이도 내가 살아 있을 때까진 제 엄마가 무엇을 했는지 잘 모를 것이다. 언젠가는, 내가 내 어머니에게 그랬듯, 나를 원망할 테고 내 부족함만을 탓할 것이다. 그러다가 어느 날, 그럴 만큼 성숙한 녀석이라면, 이미 내가 늙어가고 있을 때 나를 새롭게 느낄 날이 올 것이다. 그때 내 아이가 나를 생각하면서 슬퍼할 걸 생각하니, 또 슬퍼진다. 이렇게 내려, 내려가는 거다. 이렇게 사랑이, 아픔이, 수고가 내려, 내려가는 거다.

자식들, 손주들 아프면 십 리 길을 걸어가 약을 구해오시고, 병을 확인해보신다고 아이들 똥도 찍어서 맛 보셨다는 내 할아버지⋯⋯. 그 할아버지의 사랑을 가장 많이 받으신 어머니는 받으신 만큼 내게 주셨고, 나는 또 그렇게 받은 만큼 사랑할 수 있는 인간이 되었다. 내 아이도 그럴 것이다. 준 게 있으니까, 받은 게 있으니까, 제 아픔과 고통으로 발버둥칠 때도 기본적인 힘으로 버티고 이겨내고, 그러다가 넘치는 게 있어서 나눠줄 수 있는 사람이 될 것이다. 그때 난 이 얘기를 들려주리라. 사람에게 받은 것은 그 사람에게 되돌려주는 게 아니라 다른 사람에게 갚아가는 것이라고. 세상은 그래서 좀더 풍요로워지고 아름다워지는 것이라고.

나는 기도했다.

'세상에서 가장 아름다운 것을 알게 해주셔서 감사합니다. 저는 당신이 만드신 세상을 원망하지 않습니다. 제겐 그럴 비판력이 없습니다. 제게 있는 것만으로 감사할 수 있는 소박한 가슴만이 있을 뿐입니다. 제가 가진 것을 사랑합니다. 그걸 아름답게 쓰겠습니다.'

나는 이제 엄마다. 엄마가 되어야 하는 것도 아니고 좋은 엄마가 되려고 노력해야 하는 것도 아니고, 그냥 엄마다. 내 아이에게, 그리고 내 내담자들에게, 그리고 다른 많은 사람들에게 나는 이제 충분히 좋은 엄마다. 그리고 난 그게 행복하다.

하늘 같은
부모님의은혜와
사 랑에
감사드립니다.
박예나올림
드